帝都の鬼は桜を恋う

卯月みか

角川文庫
24326

もくじ

おもな登場人物

イラスト／桜花 舞

月影《つきかげ》桜羽《おとは》

駆け出し陰陽師。水の力を使うが、神力の弱い落ちこぼれ。鬼に殺された母の仇討ちを誓う。

焔良《ほむら》

鬼の頭領。赤い髪と瞳の美しい容姿の青年。強い妖力を持ち、炎を操る。

月影《つきかげ》冬真《とうま》

桜羽の従叔父で育ての親の青年。月影氏流陰陽師の頭領で陰陽寮長官も務める。

志堂《しどう》

陰陽寮副官。冬真と同い年で寡黙。

斎木《さいき》克《すぐる》

桜羽の同僚の少年。同い年で気心が知れている。

朱士《あかし》

焔良の腹心の凛々しい鬼の青年。

心花《こはな》

焔良の邸で働く素直で愛らしい少女。

葦原《あしはら》幸史《ゆきふみ》

警視庁の警視。物腰柔らかく優しい雰囲気だが、腹の底は読めない人物。

第一章

目の前で倒れた母を見て、桜羽《おとは》は呆然《ぼうぜん》と立ち尽くした。

山の中の小さな茶屋で暮らしていた母のもとに、その日、一人の少年がやってきた。印象的な赤い髪。意志の強そうな瞳《ひとみ》もまた、赤色をしている。背はすらりと高く、凛々《りり》しくも美しい顔立ちをしていた。

接客に出た母は彼の顔を見て驚き、二人は何やら口論していたが、少年は突如刀を抜き、母を斬り殺した。

『お母さん！』

桜羽は後先も考えず、母に駆け寄った。倒れた母にすがりついて叫ぶ桜羽を、返り血に染まった少年が見下ろしている。

彼が桜羽に手を伸ばした。

自分も殺されるのだろうかと思い、

『い、嫌……』

桜羽は頭を抱えて、その場にうずくまった。どうしていいのかわからず、ただ丸くなって、悪鬼のような少年から顔を隠すことしかできない。

桜羽の頭上から、大きな手が伸びてくる。

(誰か助けて……)

桜羽が震えていると、『貴様!』と叫ぶ声が聞こえた。

誰か来てくれたのかと思い、おそるおそる顔を上げると、赤髪の少年よりも年上の少年が、一つに括《くく》った長い髪を靡《なび》かせて、茶屋の入り口から飛び込んでくるところだった。女性と見まがうような中性的な顔立ちだが、怒りで厳しい表情を浮かべている。

新たに現れた少年が札のようなものを宙に投げると、それは刃物へと変わり、赤髪の少年を襲った。赤髪の少年は身軽に躱《かわ》したが、状況が不利と悟ったのか、茶屋の外へと逃げていった。

助けに来てくれた少年が駆け寄ってきて、桜羽の体を抱き起こした。

『もう大丈夫だ』

力強く低い声で呼びかけられ、桜羽の瞳が潤む。少年は桜羽に向かって安心させるように優しく微笑みかけると、体を引き寄せて抱きしめた。

助かったという安堵《あんど》と、目の前で母が殺されたという悲しみで、桜羽は大粒の涙をこぼした。

＊

「とうま……さま……」

月影《つきかげ》桜羽は、夢の中の少年を呼ぶ、自分の声で目を覚ました。

頬に触れているのは冷たい木の感触。鼻孔をくすぐるのは墨の香り。身を起こそうとしたら、汗ばんでいた手に、くしゃくしゃになった短冊がくっついてきた。

どうやら陰陽寮《おんみようりよう》の詰め所で呪《まじな》い札を描いているうちに眠くなり、机の上に突っ伏して、意識を手放していたようだ。

桜羽はゆっくりと目を瞬かせた。頭の中に、まだ靄《もや》がかかっているような気がする。

（また、あの夢……）

直前に見ていた夢の内容をぼんやりと思い返す。

いつの頃からか、桜羽には繰り返し見る夢があった。

目の前で母が赤髪の鬼の少年に殺され、陰陽師の少年が助けに来てくれる夢。

――鬼は、古来から存在するあやかしの種族の中の一つであり、彼らは人と同じ見た目ながら、その容貌《ようぼう》は美しく、炎や水を操る妖力《ようりよく》を持っている。その力を使い、江戸《えど》時代、間諜《かんちよう》や暗殺者として幕府を支えていたといわれている。

あやかしには鬼以外にも、知恵の低い異形の種族もおり、彼らもまた鬼の手先として人に害をなしてきたそうだ。

幕末、開国か攘夷《じょうい》かで、この国が大きく揺れた時も、鬼たちは舞台裏で暗躍を続けていた。最終的に、日本は海外への門戸を開くこととなり、彼らも争いの中で数を減らしたとされている。

そして、現在。明治《めいじ》二十年。帝都。

八歳の時に親を亡くした桜羽が、母の従弟《いとこ》で、自分を危機から救ってくれた月影冬真《とうま》に引き取られてから九年が経過していた。

冬真は、祖は古代まで遡《さかのぼ》る月影氏流陰陽師の現頭領で、陰陽寮の長官を務めている。桜羽もまた、陰陽寮に属する陰陽師だ。

かつての陰陽師たちは、天文観測や暦の作成に携わる朝廷の官僚だったが、それと同時に、鬼を狩る役目も担っていた。

現在、官僚としての職掌は失ったものの、生き残った鬼の報復を恐れる明治政府により、陰陽寮には「鬼とあやかしを見つけだし、抹殺すべし」との命令が下されている。

(今夜は巡回の当番だから、ある程度の枚数を用意しておかないと)

手にくっついていた短冊を剝《は》がし、丁寧に皺《しわ》を伸ばす。墨が乾いていなかったのか、手のひらに呪いの図柄が写っていた。

桜羽は硯《すずり》に墨をすり直しながら、育ての親である冬真のことを考えた。

陰陽寮に入ったのは、自分を育ててくれた冬真に恩義を返したい思いと、母の仇《かたき》を取りたいという思いからだ。

母は、桜羽が八歳の時に鬼に殺されたらしいが、桜羽には八歳以前の記憶がない。桜羽が記憶を失っているのは、母が殺されるところを目撃した恐怖心からなのではないかというのが冬真の見解だった。

冬真から教えてもらったところによると、母は少女の頃に鬼に攫《さら》われて、婚姻させられ、桜羽を産んだのだという。長らく行方不明だった母を捜し出し、冬真が助けに向かった時には、父の仲間の鬼によって、母は殺害された後だったらしい。

桜羽の夢の中に現れるのは母だけで、鬼だという父の姿はない。

父が今どこにいるのか、生きているのか、死んでいるのかさえもわからないが、桜羽は、母に無体を強いた末に仲間に殺させた父を恨んでいる。いつか出会うことがあるならば、母を直接手にかけた赤髪の鬼だけでなく、父も討ちたい。

鬼は人に害をなす憎い存在。自分に、その血が流れているのかと思うとぞっとする。

(私は鬼とは違う。私は人よ。私はお母さんの仇を討たなければいけない)

鬼への憎しみの気持ちを新たにし、筆をとる。呪い札は、気を込めながら複雑な図形を描かねばならないので、集中力が必要だ。

短冊に筆先を下ろそうとした時、窓の外から騒がしい声が聞こえてきた。鳥の羽音と犬の鳴き声がするので、何事かと外を覗《のぞ》いてみると、二人の陰陽師が鳥と犬をけしかけ、小さな狸を追い回していた。子狸だろうか。キューキューと鳴き声を上げながら逃げ惑っている。

「なんてかわいそうなことを」

桜羽は眉《まゆ》をひそめた。

「逃げるな、畜生め。式神、捕まえろ！」

「待てよ、あいつを仕留めるのは俺の式神だ！」

「末廣《すえひろ》さん、毒島《ぶすじま》さん！　何をなさっているのですか！」

桜羽は窓から二人の陰陽師に向かって叫ぶと、詰め所の扉を開けて外へ出た。

「ひどい行いはやめてください！」

二人と子狸の間に駆け込み、両手を広げる。子狸を庇《かば》う桜羽に、末廣と毒島はムッとした表情を向けた。

二人は陰陽寮に属している月影氏流の陰陽師で、桜羽の先輩にあたる。二十代前半の血気盛んな若者で、末廣は狐顔で背が高くひょろっとしており、毒島は背が低く小太りという、対照的な外見をしている。

「チッ！」

「桜羽かよ」

末廣と毒島が舌打ちをする。烏と犬が札に姿を変え、地面に落ちた。

桜羽は二人を睨《にら》み付けると、低木の下に逃げ込んだ子狸に手を伸ばした。小刻みに震えながら、子狸は口を開けて桜羽を威嚇したが、

「大丈夫。何もしないわ」

と、優しく声をかけて、ふわふわの体を抱き上げる。子狸の黒い瞳《ひとみ》が潤んでいる。追い回されて、よほど怖かったに違いない。

「よしよし、怖かったわね。ごめんね」

安心させるように子狸の背を撫《な》でる桜羽に、末廣と毒島が手を伸ばす。

「桜羽。そいつを寄《よ》こせよ」

「牛蒡《ごぼう》と煮て狸汁にしたら、きっとうまいぞ」

「絶対に渡しません。弱いものいじめは反対です」

先輩たちをキッと睨み付けると、末廣と毒島はうそぶいた。

「弱いものいじめじゃない。あやかし狩りの練習だ」

「そうそう。修行の一環だ」

(修行だなんて……嘘ばかり！)

狸汁にするというのがどこまで本気なのかわからないが、二人は式神を使って子狸を追い込み、いたぶって遊んだ末、捕まえて殺そうとしていたのだ。

「お二人はまがりなりにも月影氏流の陰陽師。相手が鬼ならともかく、罪のない動物に、こういったひどいことはおやめください」

ぴしゃりと注意した桜羽を見て、末廣と毒島は顔を見合わせ、わざとらしく肩を竦《すく》めた。

「我らが後輩殿は口が達者だ」

「長官の秘蔵っ子、月影家のお姫様だからな。身分違いの俺たちのことを見下しているのさ」

「見下してなどおりません！」

彼らの言う通り、桜羽は確かに月影家の血を引いているが、それを鼻にかけているつもりはない。母が先代頭領の長女だったとはいえ、半分鬼の血を引いている自分が月影家の一員だと名乗るのは、むしろふさわしくないと思っている。

今でこそ普通に接してもらえるようになったものの、冬真に引き取られた当初は、月影邸の使用人たちから怖がられていた。人々にとって鬼は畏怖《いふ》の対象だ。陰陽寮では桜羽が人と鬼との間に生まれた子供だということは伏せられており、冬真の遠縁の娘で、事情があって引き取られたという話で通している。

三人が言い合いをしていると、

「何を騒いでいる？」

頭上から落ち着いた男の声が聞こえた。桜羽はぱっと振り向き、末廣と毒島も驚いた様子で、声のしたほうへ顔を上げた。

「長官！」

末廣と毒島が慌てた様子で頭を下げる。

「冬真様」

桜羽はばつの悪い思いで二階の長官室を見上げた。桜羽の従叔父《いとこおじ》、月影冬真が、長官室の窓からこちらを見下ろしていた。

陰陽寮の制服を身に纏《まと》った冬真は、黒く艶《つや》のある長い髪を首元で一つに結び、背中に垂らしている。肌は白く、細面で中性的な美しい顔立ちだ。歳は今年で二十八になるが、十八歳で頭領を継いだだけあって、振る舞いには貫禄《かんろく》と落ち着きがあった。

冬真はゆっくりと、順に三人の顔を見た。

「末廣、毒島」

外見から受ける印象よりも低い声で、冬真が二人の名を呼ぶ。

「桜羽を貶《おとし》める言葉を耳にしたようだが、私の気のせいか？」

口調は静かだったが、威圧感があり、二人の肩がびくりと震える。

「心からの言葉ではありません」

「申し訳ありません」

頭を下げ続ける先輩たちを見て、桜羽はいたたまれない気持ちになった。

「冬真様。末廣さんと毒島さんは、ほんの少し私をからかっただけなのです。私は気にしておりません」

「…………」

桜羽の言葉を聞き、冬真は口を閉ざしたが、「わかった」と言うように一度頷《うなず》いた。

再び末廣と毒島に目を向ける。

「遊ぶ暇があるなら、巡回に行け」

「ですが、この時間は当番ではなく……」

「行け」

末廣の言葉を遮って、冬真が命じる。

二人は一礼すると、逃げるように駆けていった。

一人残った桜羽は、窓の下に歩み寄り、

「申し訳ございません」

と、冬真に向かって謝罪した。

「何を謝る？」

冬真の鋭い視線が桜羽へ向く。

「冬真様に、末廣さんと毒島さんとの諍《いさか》いを止めていただきました。本来なら、私一人で対処するべき問題でしたのに、お手を煩わせてしまいました」

桜羽は、母が亡くなった後、自分を引き取り育ててくれた冬真に恩を返したいと常日頃から思っているが、彼の厳しい物言いや態度には緊張する。

桜羽にとって冬真は、身内であると同時に月影氏流の頭領であり、今は職場の上司でもある。彼の手足となり、働く立場にあるのだから、甘えていてはいけないと気を引き締める。

「これからはきちんと一人で対処します」

毅然《きぜん》としている桜羽を見て、冬真は鷹揚《おうよう》に頷いた。

「精進するように。それから、その狸はどうするつもりだ？」

冬真に指をさされて、「あっ」と腕の中に目を向けた。桜羽は慌てて、抱えていた子狸を地面に降ろした。

「お行き。もうここへ来てはいけないわ」

そう言い聞かせ、軽く尻《しり》を押す。子狸は一度桜羽を振り向くと、さっと駆けて、草むらへ姿を消した。俊敏な動きだったので、怪我はしていなかったようだと、ほっとする。

子狸を見送っていると、背後でぱたんと音がした。見上げると長官室の窓は既に閉まっていた。

＊

「肌寒いけれど、今夜は月が綺麗《きれい》ね」

詰め襟の上着に、袴《はかま》のような洋装のスカートを組み合わせた制服に身を包み、腰に刀を下げた桜羽は、龕灯《がんどう》を手に永田町《ながたちょう》のお屋敷街を歩きながら夜空を見上げた。

「こんなふうに明るい夜だったら、巡回中に鬼やあやかしが現れても見つけやすいわ」

「できれば出会いたくないけどね」

桜羽の隣を歩く少年が苦笑する。彼も陰陽寮《おんみょう》の制服を身に纏っているが、桜羽とは違い、ズボンをはいている。

不平等条約の改正を目指し、欧化政策の一環として建設された鹿鳴館《ろくめいかん》において連日西洋式の舞踏会が開かれている裏で、桜羽たち陰陽師は日夜、帝都を巡回し、あやかし狩りに励んでいる。

今夜は、同僚の斎木克《さいきすぐる》と共に、夜間巡回の当番となっていた。

「鬼は怪しい妖術《ようじゅつ》を使うんだろ？」

「斎木君は鬼に出会ったことがないのだったっけ？」

桜羽が尋ねると、斎木は「うん」と頷いた。

「陰陽寮に入ってから、まだ半年だからね。桜羽さんは会ったことがあるの？」

「私も、冬真様のお手伝いをするようになった時期が斎木君とそんなに変わらないから、陰陽寮に入ってからはまだ……。でも、子供の頃に見たことがあるみたいなの」

「へえ！　どんな外見だった？　鬼はあやかしと違って人の姿をしているけれど、とても美しいんだろ？」

斎木が興味津々という顔で尋ねる。彼は桜羽と同い年で、陰陽寮で働き始めたのも同時期であり、気心が知れている。

「さあ、どうだったかしら……。あまり覚えていないわ」

桜羽は夢の中で見る、母を殺した鬼の少年の顔を思い浮かべた。あの夢が本当にあった出来事ならば、彼は確かに美しかった。

「見た目なんて関係ないわ。現れたら殺すだけ」

桜羽がそう言い放つと、斎木は、

「桜羽さんは血気盛んで、時々怖くなるよ」

と苦笑した。

桜羽たち陰陽師は、政府の機関である陰陽寮に属している。

陰陽師の素質のある者は、生まれながらに多かれ少なかれ神力を持っていて、修行によって神力を高めると、呪《まじな》いの札を介し、五行と呼ばれる術を使えるようになる。

代々陰陽寮の長を務めてきた月影氏一族の一人である桜羽も神力を持っているのだが、力が弱く些細《ささい》な術しか使えない。

月影家の血を継いでいても神力が弱かったり、今まで身内に一人も陰陽師がいなかったのに、突然高い神力を持った子供が生まれてきたりすることもあるので、このあたりの具合はよくわかっていないらしい。

ただ一つ言えるのは、神力を持って生まれる者は稀《まれ》であり、その上彼らの全てが陰陽師を目指すわけではないということ。現状、桜羽程度の者でも、陰陽寮にとっては貴重な戦力だった。

桜羽と斎木がたあいない話をしながら子爵邸の前を通りかかった時、不意に怪しげな鳴き声が聞こえた。

「……今の聞いた？　斎木君」

警戒して足を止める。

「聞いた。鳥の声……？」

鳴き声の主を探して、龕灯を照らしながら周囲を見回した桜羽は、子爵邸の門の上に立つ獣に気付いて「あっ！」と声を上げた。

「あそこ！」

桜羽が指さした先を見て、斎木が目を見開く。

「何だあれ？」

猿の顔、狸の体、蛇の尾、虎の手足を持つ異形の化け物に、桜羽は鋭いまなざしを向けた。

「鵺《ぬえ》よ」

文献で見たことがある。平安《へいあん》時代に御所を騒がせ、天皇を悩ませたという伝説のあやかしだ。

「あれが本物のあやかし……」

驚きのあまり立ち尽くしている斎木に、桜羽は早口で囁《ささや》く。

「私たちだけだと手に余るわ。斎木君は陰陽寮へ戻って、冬真様に鵺のことを報告して」

腰に下げていた革製の小型鞄《かばん》の蓋《ふた》を開け、呪い札を取り出す桜羽を見て、斎木が焦った声を出す。

「桜羽さん、まさかあいつと戦うつもりじゃないよな？」

「冬真様たちが来るまで足止めするわ」

「無理だって！　桜羽さんも一緒に逃げよう！」

「目の前にあやかしがいるのに放っておけないでしょう！　あいつが人に危害を加えたらどうするの！」

小声で言い合いをしていると、鵺がこちらを向いた。

「しまった、気付かれた」

桜羽は呪い札を人差し指と中指に挟むと、先手必勝とばかりに、思い切り宙に飛ばした。

「北方より生じたる水気《すいき》よ、玄武の力で矢を放て！」

「あああ、もうっ！　東方より生じたる木気《もくき》よ、青龍《せいりゅう》の力で鵺を捕らえろ！」

斎木もやけくそ気味に叫んで札を放つ。すると、斎木の札からは勢いよく蔓《つる》が伸び、桜羽の札は水の矢へと変じた。

蔓は鵺の体に巻き付き拘束しようとしたが、あっという間に引きちぎられる。虎の手が桜羽の矢を握りつぶした。

「渾身《こんしん》の一枚だったのに、あんなに簡単に破られると思わなかった」

情けない表情を浮かべる斎木のそばで、桜羽も「失敗した」と歯がみする。

（さすが大あやかし。私や斎木君程度の術では太刀打ちできないわね）

「術が駄目なら、接近戦！」

桜羽は龕灯を地面に置くと、腰に差していた刀の柄《つか》を握った。

斎木が、好戦的な桜羽に呆《あき》れた視線を向ける。「もうどうとでもなれ」という顔をしながら小型鞄から札を取り出し、

「東方より来たれ、セキエキ」

呪いを唱えて、木気の式神へと変じさせた。

「陰陽寮へ行って増援を呼んで来い」

蜥蜴《とかげ》が素早い動きで、夜の闇の中へと消えていく。

「皆が来るまで頑張りましょう」

「うわ〜、大丈夫かな」

「やらないと、こっちが死ぬわ」

二人は油断なく身構えたが、鵺は一向に降りてこない。

「あいつ、何をやっているの？　……あっ！」

鵺は一瞬、子爵邸の中へ姿を消し、すぐにまた門の上に現れた。背に誰かを乗せている。

「女……？」

つぶやいた桜羽の隣で、斎木が息を呑《の》んだ。

「綺麗《きれい》だ……」

彼の言う通り、鵺の背に跨《また》がる若い女は美しい姿をしていた。

長い髪は豊かに波打ち、肌は月光に照らされ仄白《ほのじろ》く光っている。鵺が、桜羽と斎木の存在を知らせるように唸《うな》ると、彼女は憂いの漂う瞳《ひとみ》をこちらに向けた。

桜羽と斎木の姿を見て、女の目が見開かれる。

「陰陽師《おんみょうじ》！」

女が叫び、鵺がひと飛びに二人の前に降り立つ。

異形の化け物を目の前にし、桜羽は一瞬怯《ひる》んだ。それが隙となり、刀を抜くよりも早く、鵺の背から飛び降りた女に首を摑《つか》まれる。

「お前たちのせいで、咲《さき》は……仲間は……！」

「……っ！」

女とは思えない力で喉《のど》を絞め上げられ、桜羽の体が浮き上がる。

焦った斎木が小型鞄に手を突っ込み、ありったけの札を摑みだすと、思い切り宙に撒《ま》いた。

「東方より来たれ、クチナワ！」

札が次々と蛇の姿に変わり、女の上に降り注ぐ。

「キャアッ！」

女は悲鳴を上げ、桜羽を離して飛びすさった。彼女の足に蛇が絡みつき、動きを封じる。女が蛇と格闘している間に、斎木が桜羽の匕首を摑んだ。

「桜羽さん、逃げるよ！」

二人は全速力でその場を離れた。

*

桜羽と斎木が鬼女に出会った翌朝、陰陽寮所属の陰陽師たちは、全員広間に招集された。

冬真が広間に入ると、整列していた陰陽師たちが一斉に頭を下げた。その間を悠々と通り抜け、最前列に立った冬真は一同を見回した。

「昨夜現れたあやかしへの対策を講じるため、皆に集まってもらった」

桜羽と斎木は、巡回中に鵺を従えた鬼女と遭遇したことを、昨夜のうちに冬真に報告していた。

冬真が隣に立つ青年に目を向け、名を呼んだ。

「志堂《しどう》。皆に説明を」

陰陽寮副官の志堂は冬真と同い年だ。冬真の幼なじみでもあり、二人の気心は知れているようだが、寡黙で眼光が鋭いので、他の陰陽師からは恐れられている。それなりに整った顔立ちをしており、決して目立たない外見ではないのだが、気配が薄く、気が付いたらいきなり背後に立っていたりするので、桜羽は何度も驚かされた。

促された志堂は冬真に軽く会釈をすると、朗々と響く声で話し始めた。

「昨夜、永田町を巡回していた陰陽師が、鬼女と鵺に遭遇しました。討伐しようとしたところ抵抗にあい、取り逃がしたとのことです」

一同の中から僅《わず》かに失笑が聞こえ、取り逃がした当の本人たちは俯《うつむ》いた。

「誰だ、そいつ」

「かつて清涼殿《せいりょうでん》の屋根に現れた鵺を射殺したという、伝説の武士のようにはいかなかったってわけか」

「静粛に」

志堂が注意をすると、再び皆が黙った。

「鬼女は子爵の姥貝卿《うばがいきょう》の邸《やしき》から姿を現したとのこと。昨夜のうちに長官が姥貝邸に様子を窺《うかが》いに上がったところ、当主の姥貝基一《きいち》卿が、突然押し入ってきた鬼女に襲われ、怪我を負わされたという話でした。鬼女の目的は不明ですが、再び現れる可能性も高く、今夜から交代で姥貝邸の警備にあたります。それに加えて、永田町を中心に帝都内の巡回を強化。これから班の編制を述べます。まずは壱班——」

淡々と名前が読み上げられる中、桜羽は隣に立つ斎木に囁いた。

「同じ班だといいわね」

「そうだね。でも、二人一緒になったら、俺たちと組まされる先輩には嫌がられそうだ。俺たち下っ端だし」

「先輩の足を引っ張らないように頑張りましょう」

「そうだな。目指せ、一流陰陽師」

小声で励まし合っていると、二人の名前が読み上げられた。

「肆《よん》班、月影桜羽、斎木克――」

同じ班になったと喜んだものの、次に志堂が続けた名前を聞いて、二人同時に「うげ」とつぶやく。

「末廣陸郎《りくろう》、毒島茂彦《しげひこ》」

天敵と同じ班に編制され、桜羽はこの上なく憂鬱《ゆううつ》な気持ちになった。

＊

馬車鉄道が走る様子を横目で見ながら、街路樹が植えられた煉瓦《れんが》敷きの歩道を、桜羽たちは歩いていた。

「俺たち、運が悪いよなぁ。ひよっこどもと組まされてさ」

「いや、これは志堂さんの俺たちに対する期待なんだよ。若輩者を鍛えてやれっていう」

先ほどから、末廣と毒島が適当なことを言って笑っているのを、桜羽と斎木は悔しい思いで聞いていた。

「志堂さんも、俺たちとあの人たちを組ませなくてもいいのにさ……」

ぶつぶつ言っている斎木に、桜羽は諦《あきら》め口調で応える。

「悔しいけれど、あの人たち、あれで意外と術に関しては優秀なのよ……」

末廣と毒島は、性格は悪いが能力は高い。末廣は火《か》の術に、毒島は金《ごん》の術に長《た》けているので、水《すい》の術が使える桜羽と、木《もく》の術が使える斎木と組み合わせたのだろう。

日が傾き始めた空を見上げ、末廣と毒島がだるそうにあくびをする。

「そろそろ交代の時間だよな。陰陽寮に戻るか」

「あーあ、今日も収穫なしだな」

二人から距離を取って後ろを歩きながら、斎木がぼそっとつぶやいた。

「収穫なしとか言って、陰陽寮を出る前は、巡回なんて面倒くさいって言ってたくせに」

斎木の呆れ声が聞こえたのか、前を歩く二人が振り向く。

「あ？　なんか言ったか？」

「生意気言う前に、子鬼の一人でも見つけてきたらどうだ？」

「鬼女に驚いて逃げだすような奴は、子鬼相手でも失禁するんじゃないか？」

「ありえる」

末廣と毒島が馬鹿にしたように笑うのを見てこぶしを握った斎木を、桜羽は急いで宥《なだ》めた。

「本気で聞いたら駄目。手を出したら、こちらが不利になるわ」

「……長官や志堂さんに怒られたくはないもんな」

「そうでしょ？」

諦め口調でこぶしを収めた斎木に、桜羽は微笑みかけた。

陰陽寮の方向へ足を向けた時、前方から制服姿の巡査二人組がやってきた。こちらに気付き、何やらひそひそと話した後、馬鹿にするような笑みを浮かべる。

巡査たちの嘲笑《ちょうしょう》を目にし、末廣と毒島が顔色を変えた。大股《おおまた》で彼らに近付いていく。

「まずくないか、あれ」

斎木が焦ったように桜羽の耳元で囁《ささや》く。桜羽も表情を険しくした。

末廣は巡査の前まで行くと、

「お前ら、今、何を話してたんだ？」

と絡んだ。

「あやかし退治が職務だとか言って、日中からぶらぶらしている暇な奴らがいるぞと話していただけですよ」

三十絡みの巡査が答えると、今度は毒島が慇懃《いんぎん》無礼に言い返す。

「警視庁の方々は、お気楽そうで羨《うらや》ましいですなぁ。なにせ、貴殿らのお相手は普通の人間ですからな。犯罪が起これば卜コトコと歩いていって、適当にその辺の人間を捕まえて拷問すれば、あっという間に犯人のできあがりだ。市井の人々があやかしの脅威に怯《おび》えることなく、安心安全に暮らせるよう、我々は昼夜を問わず、真面目に仕事に励んでいるのですよ」

「俺たちが無能だとでも言いたいのか！」

毒島と同い歳ぐらいの若い巡査が顔を赤くして突っかかった。どうやらこちらの巡査は怒りっぽい性格のようだ。

「只人《ただびと》は持っていない特別な力を持つ俺たちは、貴殿らよりも有能だと思いますよ」

毒島がわざとらしく札を取り出し、ひらりと振ってみせる。

「呪《まじな》い師風情が！」

若い巡査が毒島の胸ぐらを摑《つか》み、

「やるか？」

毒島も挑発する。

桜羽は喧嘩《けんか》を始めた先輩と巡査を見て、額を押さえた。

（勘弁してほしいわ……）

警視庁と陰陽寮《おんみょうりょう》は仲が悪い。

犯罪から帝都の治安を守る彼らは、あやかしという陰の存在を相手にしている陰陽師たちを馬鹿にしている。

警視庁は、平時の国家の治安を担う目的で設立された機関だが、かつて内乱が起きた際には、その力で平定に当たったこともある。国家を守っているという自負もある上、士族出身者も多く、月影家の一族以外は庶民の出が多い月影氏流陰陽師たちを見下していた。

「こんな街中で揉《も》め事を起こさないでほしい……」

桜羽が溜《た》め息をつくと、斎木が、

「俺、ちょっと止めてくる」

と言って、先輩と巡査のもとへ駆けていった。

「自分も」と、斎木の後に続こうとした桜羽だが、少し先の店舗から現れた女性の姿を目にし、息を呑《の》んだ。

豊かな黒髪に白い肌。妖艶《ようえん》な赤い唇の女性は、先日出会った鬼女に間違いない。

「あの人！　斎木君、末廣さん、毒島さん、あそこに鬼女が……」

慌てて三人に声をかけようとしたが、いつの間にか毒島と若い巡査が殴り合いを始めていて、斎木と年上の巡査が間に入り止めようとしている。末廣はそばでゲラゲラと笑っていた。桜羽の言葉など誰も聞いてはいない。

桜羽は去っていく鬼女と、喧嘩をしている男たちを見比べた。

「ああ、もうっ！」

こうなったら、自分一人だけで行動しよう。

桜羽は揉める彼らのそばを駆け抜け、鬼女を追いかけた。

（どこへ行こうとしているのかしら……）

迷いなく歩いていく鬼女に気付かれないよう跡をつけながら、桜羽は思案した。

（こんな街中で鬼女と戦闘になれば一般の人々に迷惑をかけるし、もし鵺《ぬえ》を呼ばれたら、私一人では手に余るわ……）

鵺は鬼女に使役されていた。今のところ気配は感じられないが、現れてもおかしくはない。

（とりあえず今は彼女の行く先を突き止めよう。その後、陰陽寮に帰って冬真様と志堂さんに報告して指示を仰ごう）

鬼女の住処《すみか》がわかれば、万全の態勢を取って狩りにいくことができる。

けれど桜羽の期待とは違い、辿《たど》り着いたのは鬼女の家ではなく、ルネサンス様式の立派な劇場――華劇座《かげきざ》だった。主に西欧の演劇を上演しており、上流階級層の人々を中心に人気を博している。

（華劇座……ね）

桜羽は以前聞いた噂を思い出した。ここで働く人々は、女優を始め、案内係の女性や楽団の紳士までが、皆、美しい容姿をしているらしい。

冬真から鬼について教育を受けた際、異形のあやかしとは違い、鬼は人と見た目が変わらないので、人の世に紛れて暮らしている者も多いと教えられた。

陰陽寮は鬼を探すため、有益な情報を持ってきた者に金一封を出している。犯罪事件の陰に鬼の存在がないかなど、様々な方向からも調査をしている。冬真は、美しい者ばかりが働いているという華劇座にも目をつけていたが、今のところどこからも密告はなく、なんの事件も起きていないので、確信が持てずに様子見をしていた。

鬼女は華劇座の正面玄関には向かわず、横にある小さな扉から建物の中へ入っていく。

桜羽は扉の前まで行くと、首を傾げた。「関係者以外立ち入り禁止」の札が掛かっている。

「あの鬼、劇場関係者なのかしら」

もしそうだとしたら、華劇座は鬼と関わりがあると証明できる。

(確かめよう)

桜羽は、関係者入り口の扉から、するりと中に忍び込んだ。

廊下には誰もいなかったが、奥のほうから騒がしい音や声が聞こえてくる。

用心深く先へ進み、物陰から様子を窺《うかが》った桜羽は、色彩が溢《あふ》れかえった光景に目を見張った。

西欧の城や家具を模した大道具。武器などの小道具。動物のかぶり物。異国情緒のある布――

ごちゃごちゃと物の置かれた中を、西欧の貴族風の衣装を身に纏《まと》った人々が行き交っている。発声練習をする者や、歌を口ずさんでいる者もいる。彼らは舞台俳優や女優だろうか。皆、はっとするほど美しい容姿をしていた。

楽器を手にした男性たちは楽団員のようだ。年齢はまちまちだが、彼らもまた、噂通り見目が良い。

（ここは劇場の裏ね。陰陽寮の制服姿で入っていくわけにもいかないし、誰かに見つかる前に引き返したほうがいいとは思うのだけど……）

功を焦っているわけではないが、せっかく鬼の手がかりが得られそうなのに、ここで諦《あきら》めるのは惜しい。

迷っていると、すぐそばの大道具にインバネスコートと帽子が引っかけられているのが目に入った。誰かが着てきたものを脱いで仮置きでもしたのだろうか。

桜羽は手を伸ばすと、コートと帽子を取り上げた。素早くコートを身に纏い、一つに括《くく》っていた髪を帽子の中に押し込む。俯《うつむ》き加減に歩いていれば顔も見えないだろう。劇場関係者は開演前の忙しさで誰もこちらを気にしていない。

目立たないように人々の間を通り抜けながら鬼女の姿を捜していると、ワンピースに白いエプロンを着けた若い女性の一団が、桜羽の横をぱたぱたと駆け抜けていった。彼女たちも美少女や美女ばかりだ。

「お客様のお迎えの時間よ！」

「急いで広間に入って！」

すれ違った案内係の女性たちの中に鬼女の姿を見たような気がして、桜羽は慌てて振り返った。けれど、桜羽が確認するより先に、彼女たちは扉の向こうへと消えていった。

桜羽は急いで彼女たちの後を追った。

案内係の女性たちがくぐった扉は、玄関広間に繋《つな》がっていた。雑然としていた舞台裏とは違い、大理石の柱や色つきタイルが貼られた床が美しい。

めかし込んだ紳士淑女が、切符売り場で今夜の演目の切符を購入している。案内係の女性たちが、切符の確認が終わった客人たちを次々と客席へ案内していく。客人たちは今夜の舞台を楽しみにしているのか、皆、上機嫌に笑っていた。

（なんて華やかなの……！）

桜羽が今までに経験したことのない非日常の世界に圧倒され、玄関広間の隅で立ち尽くしていると、一人の案内係が桜羽に近付いてきた。

「旦那《だんな》様、切符のご購入はお済みですか？　客席にご案内致しましょうか？」

そう言って微笑んだ女性は、まさに桜羽が追いかけてきた鬼女だった。

「あなた……！」

思わず声を上げた桜羽を見て、相手もすぐに先日の陰陽師だと気付いたようだ。愛想のよかった表情が憎々しげなものに変わる。

「どうしてここにいる、陰陽師！　我が仲間たちに害をなしにきたのか！」

抑えた声で鬼女は桜羽を問い質《ただ》した。

「あなたを捜しに来たのよ。ここで騒ぎを起こす気はないわ。ついて来なさい」

桜羽が鬼女の腕を摑《つか》もうとすると、彼女はぱっと身を翻した。身軽な動きで広間を横切り、階段を駆け上がって客席へと入っていく。

「待ちなさい！」

桜羽は急いで彼女を追った。帽子が脱げてリボンがほどけ、上げていた髪がさらりと落ちる。

開け放たれていた扉から客席へ飛び込むと、馬蹄形状《ばていけい》に多くの椅子が並んでいた。既に半分ほど座席は埋まっている。

舞台を正面に緩やかな傾斜がかかる通路を駆け下りていく鬼女を見つけ、追いかけようとした時、背後から肩を摑まれた。

「おい、女」

突然声をかけられ、心臓が跳ねた。警備の者に、不審者だと思われたのだろうか。

「ここで足止めされるわけにはいかないのに」と、焦りながら振り向いた桜羽は、自分を引き留めた相手を見て息を吞んだ。

桜羽の肩を摑んでいたのは、洋装姿の精悍《せいかん》な顔立ちの青年だった。髪は艶《つや》やかな漆黒。眼鏡をかけているが、硝子《ガラス》レンズ越しにも、意志の強そうな目元をしているのがわかる。桜羽の顔を見て何か驚くことでもあったのか、形のいい唇はほんの少し開いていた。

見つめ合っていたのは、どれぐらいの間だったのだろうか。長いようで短い時間の後、先に話しかけたのは桜羽だった。

「あなたは誰？　ここの劇場の方？」

肩を摑んだままの青年の手を振り払い、尋ねる。

　青年は無言で、桜羽が纏うインバネスコートに手を伸ばした。きちんと釦《ボタン》を留めていなかったので、コートは簡単に青年に剝《は》ぎ取られた。現れた陰陽寮《おんみょう》の制服を見て、青年のまなざしが鋭くなる。

「お前は陰陽師か。どうしてここにいる？」

「鬼を追ってきたのよ」

「鬼など、ここにはいない」

「私は見たの。匿《かくま》うつもりなら――」

　桜羽は腰に下げていた愛刀の柄《つか》に手をかけた。一般人の多いこの場所で刀を抜く気はない。ただの脅しだ。

「こんなところで物騒なものを抜くのは止めろ」

　青年が素早く桜羽の手首を摑み捻《ひね》り上げた。

「痛っ！」

　強い力で締め付けられ、思わず声が漏れる。

「離せ！」

　抵抗していると、舞台前のオーケストラ・ピットから音が聞こえた。楽団員が集まり、調律を始めている。

　音に気を取られた隙に、青年が桜羽に近付いた。身構えるよりも早く、桜羽の体が宙に浮く。

「な、何をするのよっ！　破廉恥な！」

青年に抱き上げられたのだと気付き、桜羽は悲鳴のような声で抗議をした。身内でも婚約者でもない男性が、未婚の女子にこのような形で触れるなど、非常識極まりない。

「もうじき開演だ。ここで騒がれるのは困る」

「ちょ、ちょっと！　離して！　離しなさい！」

腕の中から逃れようと手足をばたつかせた桜羽を、青年はさらに強く抱え込んだ。

「暴れたら落ちるぞ。それに周りの客のことも考えろ」

桜羽が振り回した足が近くの椅子に当たり、座っていた婦人が迷惑そうな顔をしている。確かに、ここで暴れるのは非常識だと、桜羽は動きを止めた。

「わかったわ。おとなしくするから下ろして」

抑えた声音で頼んだが、青年は無表情のまま「断る」と答えた。

「お前の気性を見ると、本当におとなしくするのかどうか、いまいち信用できない。こちらから危害を加えるつもりはないから、じっとしていろ。俺はお前と話がしたいだけだ」

青年は桜羽を横抱きにしたまま客席の間を通り抜けると、玄関広間に入った。

広間で忙しく立ち働いていた女性案内係たちが、青年の腕の中にいる桜羽に気付き、驚いた顔をする。

「お疲れ様です、支配人。その方は？」

一人の案内係が近付いてきて、桜羽の身につけている制服や刀に、ちらちらと目を向けながら、不安そうに尋ねた。

(この姿を見れば、誰にだって、私が陰陽師だとわかる)

桜羽を恐れている様子の彼女に向かい、青年は平然と答えた。

「俺の客人だ。気にするな」

「あなたの客人になった覚えはないわ！　客席を出たのだから、下ろしてよ！」

桜羽が嚙《か》みつくと、青年は苛《いら》ついたように桜羽の顔を覗《のぞ》きこんだ。

「うるさいな。あまり吠《ほ》えると口を塞《ふさ》ぐぞ」

今、彼は桜羽を抱えていて、両手が塞がっている。口など塞げるはずがない――と考えて、はっと気が付いた。

「何を言うのっ……」

狼狽《ろうばい》しながら頰を赤らめると、桜羽の反応が意外だったのか、青年は苛つきを収め、面白そうに笑った。

「うぶだな」

「〜〜〜っ！」

桜羽は確かに色恋には疎いが、初対面の相手から揶揄《やゆ》される謂《いわ》れはない。

(腹の立つ男！)

荒れ狂う桜羽の心中とは反対に、青年は軽やかな足取りで広間の階段を上がっていく。

三階に辿《たど》り着くと、赤い絨毯《じゅうたん》の敷かれた廊下を進み、「支配人室」と札の掛かった扉を開けた。

（支配人……さっき、案内係の女の人も、この人のことをそう呼んでいたわ）

青年は慣れた様子で支配人室に入ると、天鵞絨《ビロード》の長椅子に桜羽を下ろした。

桜羽は注意深く周囲を見回した。

部屋の中には、桜羽が座っている応接用とおぼしき長椅子の他に、重厚な事務机があった。壁一面には天井まで届く本棚があり、隙間なく書籍が詰め込まれている。海外の書籍が多いようだ。

青年は桜羽の目の前に立つと、

「俺は華劇座の支配人だ。陰陽師であるお前が、ここにいた理由を教えてくれ」

と問いかけた。

「陰陽寮が追っている鬼女が、関係者入り口から中に入っていくところを見たのよ。彼女はこの劇場の案内係ね？　こちらに引き渡しなさい」

桜羽は座ったまま青年を見上げ、きつい声音で命じた。

「見間違いだろう。華劇座に鬼などいない」

「あのように美しい女、見間違うはずがないわ」

頑として言い張る桜羽に、青年が「やれやれ」と肩を竦《すく》める。

「あなた、鬼女を庇《かば》っているのではなくて？　素直に出さないと、陰陽寮の精鋭が華劇座に乗り込んで、力尽《ちからず》くであの鬼女を捕らえるわ。劇場で騒ぎを起こされたくはないでしょう?」

挑発的に笑うと、青年の瞳《ひとみ》に剣呑《けんのん》な光が宿った。


「随分横暴なことを言う」

鋭いまなざしを向けられて、桜羽も負けじと睨《にら》み返す。

(あら?)

青年の瞳を見つめていたら、ふと違和感を覚えた。

何かがおかしい。彼の瞳に妙な不自然さがある。眼鏡が邪魔だ。もっとそばで直《じか》に見てみないとわからない。

桜羽は手を伸ばし、彼の眼鏡を素早く取り上げた。

桜羽の動きが予想外だったのか、驚いて身を引こうとした青年の頰に手が当たる。その瞬間、呪《まじな》いも唱えていないのに桜羽の指先から数滴の水が飛び散り、青年の顔にかかった。青年は反射的に目を瞑《つぶ》り、次に開けた時には、黒かった瞳が赤へと変貌《へんぼう》していた。

「その目……あなた、鬼だったのね」

彼の髪の色までが赤く変わっていく様子を見つつ、桜羽は警戒しながらつぶやいた。

どこか頭の隅で予想していたのか、「やはり」と納得している自分がいる。

青年は濡《ぬ》れた頰を手の甲で拭《ぬぐ》い、薄く笑った。

「そうか、お前の力は水……。俺の力を打ち消したか」

五行の関係に「相剋《そうこく》」というものがある。木火土金水《もくかどごんすい》、お互いに打ち滅ぼす陰の関係のことだ。水は火に剋《か》つ——「水剋火《すいこくか》」とは、「水は火を消し止める」の意味だ。鬼は妖術《ようじゅつ》を使うという。彼の持つ妖力は火なのだろう。

（今まで、鬼の変化を解く術なんて使えなかったのだけど……）

青年の姿に不自然さを感じ、「正体を暴いてやる」という桜羽の強い意志と神力が、彼の力に反応して妖術を破ったのだろうか。

その時、不敵に笑う赤髪赤眼の彼の顔が、夢に現れる母を殺した少年の顔と重なった。咄嗟《とっさ》に鯉口を切ろうとした桜羽の手を青年が素早く摑《つか》んだ。そのまま桜羽の体を長椅子に押し倒し、腰に下げていた刀を取り上げて遠くへと放り投げる。

「離せ！」

桜羽は抵抗し、青年を蹴《け》り飛ばそうとしたが、逆に膝《ひざ》で押さえつけられた。身動きができず息を荒らげる桜羽を見下ろし、青年が溜《た》め息をつく。

「じゃじゃ馬め」

（手が腰の鞄《かばん》に届けば……）

青年の体を押しのけようともがいていると、不意に支配人室の扉が開き、呆《あき》れた声が聞こえた。

「……何をしているのですか、焰良《ほむら》様。開演になっても姿を見せないので様子を窺《うかが》いに来てみれば……支配人室に女性を連れ込むのは感心しませんよ」

青年の肩越しに視線を向けると、扉のそばに背の高い若い男が立っていた。歳は青年よりも少し上だろうか。短く刈られた黒髪に、凜々《りり》しい顔立ちをしている。彼も洋装姿だ。

「この状況を見て、色事だと思うか？　朱士《あかし》」

「思いませんね」

（焔良と朱士。朱士もきっと鬼だわ）

桜羽は二人の名前を記憶した。陰陽寮《おんみょう》に戻り、華劇座には少なくとも三人の鬼がいると、冬真に報告しなければ。このようなところで捕まっている場合ではない。

朱士はこちらに歩み寄ってくると、焔良に組み伏せられている桜羽を見下ろした。

「この制服……陰陽師ですか」

「矢草《やくさ》を追って迷い込んで来たようだ」

「ああ、矢草を、ね……。彼女は最近派手に動いていましたから、目をつけられたのですね。この娘、どうなさるおつもりなのですか？」

「ここが陰陽寮に知られるのはまずい。俺の邸《やしき》に連れていく。お前、少しこの娘を押さえていろ」

「承知しました。失礼、お嬢さん」

焔良が離した桜羽の腕を、今度は朱士が摑んだ。焔良は、頭上でひとまとめにして腕を押さえられ、無防備になった桜羽の腰に手を伸ばし、ベルトに触れる。

「ちょっと、何をするの……！」

身の危険を感じて血の気が引いた桜羽だが、焔良はベルトを引き抜いただけだった。そこに通されていた小型鞄を取り外し、蓋《ふた》を開けて中をあらためている。

「呪い札か。よく燃えそうだ」

鞄の中から全ての札を摑みだし、右手で強く握ると、焔良の手から炎が生じた。炎は札を燃やし、あっという間に灰にした。

（この鬼の力は、やはり火なのだわ）

パンパンと両手を叩《たた》き、手のひらについた灰を落としている焔良の様子を注意深く窺う。

（相手は男二人、こちらは丸腰だけど、なんとか隙を見つけて逃げないと……）

焔良が桜羽の手首にベルトを巻き付け始める。動けないように拘束し終えると、満足げな笑みを浮かべた。

「これでよし。朱士、離していいぞ」

自分が身につけていたベルトで手首を縛り上げられるなんてと、桜羽は屈辱的な気持ちで唇を嚙《か》んだ。

「朱士、表に馬車を用意しろ。それから、そこの物騒なものは回収しておけ」

桜羽の刀を拾い、朱士は一礼すると、足早に支配人室を出ていった。

「さて」

焔良は長椅子に転がされたままの桜羽に向き直ると、体の下に腕を差し込んだ。ここへ運んできた時と同じように軽々と抱き上げる。

「行くとしようか、お姫様」

劇場の前に着けられた馬車に乗り込み、連れて来られた先は瀟洒《しょうしゃ》な洋館だった。

上部に色つき硝子《ガラス》のはめ込まれた木製の玄関扉を開けて中に入ると、えんじ色の絨毯が敷かれた廊下が続いていた。右手には鏡の嵌《は》まった足つきの飾り棚が置かれている。

手を縛られ髪を乱した状態で、鬼の青年に抱かれている自分の姿を見た桜羽は、情けなさで目眩《めまい》を覚えた。

(冬真様が今の私をご覧になったら、なんておっしゃるか……)

物音に気が付いたのか、邸の奥からぱたぱたと足音が近付いてきた。

「お帰りなさいませ」

小紋にエプロンを身に着けた十歳ぐらいの女の子が走り出てきた。丸顔と切りそろえられた前髪が幼く見え、愛らしい雰囲気だ。女の子は、焔良が連れ帰った桜羽に気付き、くりっとした目を瞬かせた。

「焔良様、そのお方は？」

「事情があって連れてきた」

「お客様ですね。お名前はなんとおっしゃるのでしょう」

女の子に尋ねられ、桜羽はしぶしぶ答えた。

「桜羽よ」

「桜羽様……」

桜羽を見上げる女の子の顔が次第に輝く。人懐こい笑みを浮かべて、元気いっぱいに自己紹介をした。

「ようこそいらっしゃいました、桜羽様。私は心花《こはな》と申します！」

焰良の邸で働いているようだが、彼女も鬼なのだろうか。そうだとしたら、一目見て陰陽師だとわかる身なりをした自分に対し、この態度は油断しすぎではあるまいか。

(子供だから、よくわかっていないのかしら……？)

「二階の客間はすぐ使えるか？」

焰良の問いかけに、心花が答える。

「いつも綺麗《きれい》に整えております！」

「結構」

桜羽を抱えながら手を出した焰良に、心花がエプロンのポケットから鍵《かぎ》の束を取り出し、「どうぞ」と渡す。

階段に足をかけた焰良に、桜羽はきつい声音で尋ねた。

「私をどこへ連れていくつもり？　牢《ろう》にでも閉じ込めようというの？」

「そんなに悪いところじゃないさ」

焔良は、二階に着くとホールを抜け、一番奥にある部屋へ向かった。片手で器用に鍵を開け、中に入る。

(まあ……素敵な部屋)

桜羽は思わず内心で感嘆の声を上げた。

花柄の壁紙が貼られた部屋はこぢんまりとしていたが、天蓋《てんがい》のついた寝台や、彫刻の美しい箪笥《たんす》、起毛した布の椅子は趣味が良かった。扉のそばに、上部に鏡のついた暖炉も据えられている。窓には青いカーテンが吊《つ》り下げられていた。

焔良は寝台まで行くと、桜羽を下ろして座らせた。

「この部屋は好きに使えばいい」

「……どういう意味？　私はあなたの邸に滞在するつもりはないわよ」

「華劇座に鬼がいると知ったお前を、陰陽寮に帰すわけにはいかない」

「私が帰らなければ、陰陽寮は私を捜すわ」

「お前を見つけられるようなヘマはしない」

そう言いながら焔良が手を伸ばしてきたので、桜羽はびくりと体を震わせた。けれど、彼は危害を加えるのではなく、桜羽の手首を拘束していたベルトを取り外しただけだった。

「ああ、少し赤くなってしまったか」

桜羽は馬車内で、ベルトからなんとか腕を引き抜こうともがいていた。そのせいで、傷を作ってしまったようだ。傷の具合を確認している焔良の手を、桜羽は思い切り振り払った。

「触らないで。鬼」

憎しみの籠《こ》もった瞳《ひとみ》で睨《にら》み付けると、焔良が桜羽の顎《あご》を摑《つか》んだ。

「お前、自分が今、どういう状況かわかっているのか？　俺の一存で、命を奪うことだってできるんだぞ。得物のない陰陽師の小娘一人、鬼の頭領の俺には簡単に殺せる」

赤い瞳に間近で顔を覗《のぞ》きこまれ、桜羽の背筋がぞくりと震えた。思わず息を吞《の》む。

「鬼の、頭領？」

「そうだ。俺はあやかしの長、鬼の焔良。陰陽師の娘、よく覚えておけ」

焔良は桜羽の顎から指を外すと、不敵な笑みを残して部屋を出ていった。

一人取り残された桜羽は、寝台から飛び降りると、急いで扉に駆け寄った。取っ手を握って回し、引いたり押したりしてみたが開かない。どうやら外から鍵がかけられているようだ。

「閉じ込められた……」

苛立《いらだ》たしい気持ちを発散するように、桜羽は扉を一度叩いた。ずるずるとその場に座り込む。

（まさか、あいつがあやかしの長だったなんて）

とんでもない大物に捕まってしまった。

けれど、これは陰陽《おんみよう》寮にとって好機かもしれない。

(私が情報を持って帰れば、鬼やあやかしに大打撃を与えられるかもしれない)

鬼とあやかしたちがどのように統制されているのかはわからないが、頭になっている者を失えば、ある程度の混乱は起こるだろう。

「まずは陰陽寮に戻らないと。――いいえ」

桜羽は自分の言葉をすぐに否定した。

(私が焔良の首を取って、冬真様のもとへ持ち帰るのよ)

そのためには得物がいる。

愛刀は朱士に持ち去られてしまったし、呪《まじな》い札は全て焔良に燃やされてしまった。

箪笥を開けたり、部屋の中を動き回ったりして、得物になりそうなものはないかと探してみたが見つからない。

「うーん……」

腕を組んで思案していると、コンコンと扉が鳴った。

(焔良が戻ってきたの？)

強引な彼が叩《たた》いたにしては控えめな音だ。誰が入ってくるのだろうと身構えていたら、開いた扉から顔を覗かせたのは心花だった。手にお盆を持っている。

「桜羽様、お夜食をお持ちしました」

「えっ？　夜食？」

桜羽は目を瞬かせた。

「何も食べておられないのではないかと思いまして、作ってきました」

「あなたが？」

驚いた桜羽に、心花はにこりと笑って頷《うなず》いた。

（こんな小さな子を一人で寄《よ》こして、焔良は私が何もしないと思っているのかしら）

運んできたお盆を寝台の脇机に置いている心花を窺《うかが》う。

心花はなんの警戒心も持っていない様子で、桜羽を振り向いた。

「どうぞお召し上がりください」

山吹色の卵焼きとおにぎりを見て、桜羽の腹がぐうと鳴る。

このような危機的状況でもお腹が空《す》くなんてと自分に呆《あき》れたが、体は正直だということか。

桜羽が鳴らした可愛い音を耳にして、心花がくすくすと笑った。

（食べないと体力が保《も》たないけれど……毒が入っているかもしれない）

心花の無邪気な笑顔からは悪意は感じられない。無防備な彼女を突き飛ばし、鍵の開いている扉から逃げだすことも考えたが、子供に怪我をさせるのは抵抗がある。

桜羽は警戒を解かず、慎重に答えた。

「人から見られながら食べるのは苦手なの。後でいただくから、置いていってくれるかしら」

桜羽が頼むと、心花は「わかりました」と素直に頷いた。

「では、明日《あした》の朝、お盆を取りに参りますね。今夜はゆっくりとお休みください」

心花が一礼し部屋を出ていくと、桜羽はお盆に目を向けた。毒が入っているかもしれないものを口にするわけにはいかない。

(私が欲しかったのは、これだけ)

内心でつぶやくと、添えられていた箸《はし》を手に取った。こんなものでも、喉仏《のどぼとけ》に突き立てれば、致命傷を与えられる。桜羽は食事には手をつけず、箸だけをそっとポケットに隠した。

*

閉じ込められている部屋でおとなしく過ごしていた桜羽は、深夜になり、邸《やしき》から物音が聞こえなくなると、扉の取っ手を握った。邸内に響かないように静かに動かしてみたが、やはり開かない。焰良に命じられているのだろう、心花もしっかりと鍵をかけていったようだ。

扉から抜け出すのは諦《あきら》め、窓辺に歩み寄る。こちらからの逃亡は想定していなかったのか、片上げ下げの窓は簡単に開き、夜の風が部屋に吹き込んでカーテンを揺らした。

身を乗り出して外を覗くと、真下は庭のようだ。今度は左右を確認する。この部屋は二階の端で左側には何もなく、右側には隣の部屋に面したバルコニーがあった。

（向こうに渡ることはできるかしら）

窓の下を見て、外壁の煉瓦《れんが》に出っ張りがあることに気が付いた。つま先を引っかければ歩けそうだ。

桜羽はカーテンを掴みながら窓枠を跨《また》ぎ外に出ると、注意深く煉瓦の出っ張りに足先を下ろした。カーテンで体を支えながら、そろそろと移動し、バルコニーに向かって手を伸ばす。

（よし、届いた！）

手すりを掴んで左足をかけようとした瞬間、右足が滑った。間一髪のところで飛び移り、バルコニーの手すりにしがみつく。よじ登って内側に入り、桜羽はその場に座り込んだ。

「やった……」

落ちるかと思い、肝が冷えた。

上がった息を整えてから立ち上がり、窓から部屋の中を窺う。

こちらも洋室だったが、桜羽があてがわれた部屋よりも広く、家具も一通り揃っていた。天蓋《てんがい》のついていない寝台に、誰かが眠っている。このように立派な部屋を使うのは、邸の主人――焔良に違いない。

そっと掃き出し窓に触れると、難なく開いた。

（鍵《かぎ》をかけていないなんて不用心ね。まさか私が、壁伝いにバルコニーに飛び移って、忍び込んで来るなんて思っていなかったのかもしれないけれど）

舐《な》められているようでムッとしながらも、するりと中に忍び込む。

足音を立てないように寝台に近付いてみると、やはりそこで眠っていたのは焔良だった。

目を閉じている焔良の顔を見下ろす。

鬼の頭領の首を取る絶好の機会。

桜羽はポケットから箸を取り出し、握りしめた。焔良の浴衣《ゆかた》の襟元がはだけていて、喉仏が見えている。一気に突き刺せば、きっと殺せる。

けれど、なぜか手が震えて目標が定まらない。陰陽寮の一員とはいえ、桜羽は未《いま》だあやかしを狩った経験がない。誰かを傷つけたことのない桜羽が抵抗を感じるのも当然だ。

しかも、鬼は人と変わらない姿をしている。

（この鬼は明治政府の敵。お母さんの仇《かたき》。殺さないと……）

震える右手を左手で支え、思い切って箸を突き立てようとした時、

「何をしている？」

低い声と共に、桜羽の手首が強く摑《つか》まれた。

眠っていたはずの焔良が目を覚ましている。剣吞《けんのん》な光を宿す赤い瞳《ひとみ》に射すくめられ、桜羽の体が硬直する。

けれど、それを相手に悟らせまいと、桜羽は毅然《きぜん》とした声で答えた。

「あなたを殺しに来たのよ」

「へえ……」

焔良は桜羽の手首を握ったまま半身を起こし、目をすがめた。

「そんな箸ごときで？」

「箸ごときでも、喉を貫くことも、目を潰《つぶ》すこともできる」

桜羽が言い返すと、焔良は鼻で笑った。

「そのように震える手でできるのか？」

馬鹿にされ、桜羽の頭にカッと血が上った。手首を握られたまま力尽《ちからず》くで箸を突こうとしたが、焔良に取り上げられる。

焔良は箸を遠くへ投げた後、桜羽の手首を強く引いた。寝台の上に突っ伏した桜羽の顎《あご》を掴んで上向かせると、眼光鋭く睨《にら》み付けた。

「お前のようなか弱い女が、俺の寝込みを襲おうなどとは片腹痛い」

かつて母を殺した赤髪の少年。あの時、血にまみれた姿でこちらを振り向いた美しい鬼が、今、目の前で自分を見下ろしている。

（私、殺されるの？）

思わずぎゅっと目を瞑《つぶ》る。

しばらくして、焔良が桜羽から手を離した。おそるおそる瞼《まぶた》を開けると、彼は何かを問うように桜羽を見つめていた。

解放された桜羽は急いで彼から飛び退き、寝台から距離をとった。

箸を捜して周囲を見回したが、運悪く箪笥《たんす》の下に入り込んでいる。あれでは再び手に取ることは難しい。

「お前はなぜそうも俺に敵意を向ける？　お前が陰陽師《おんみようじ》で、俺が鬼だからか？」

真面目な表情で尋ねる焔良を、桜羽はキッと睨み付けた。

「そうよ。あなたは鬼。月影氏流陰陽師は、鬼とあやかしは見つけ次第殺すよう、明治政府から命じられている」

「その理由を、お前は知っているのか？」

「鬼もあやかしも人に害をなすわ」

「お前は具体的に、俺たちに何かされたのか？」

「それをあなたが言うの……！」

桜羽は体の横でこぶしを握り、焔良に向かって叫んだ。

「あなたが私の母を殺したくせに！」

「は？」

焔良がわけがわからないと言うように目を瞬かせた。

「どういう意味だ？」

「私は八歳以前の記憶を失っているけれど、何度も繰り返し夢に見るのよ。あなたが母を殺した時のことを。冬真様が来てくださらなかったら、私もあなたに殺されていたわ」

　抑えた声でそう言うと、焔良の表情が怪訝《けげん》なものになる。

「なぜ俺がお前の母を殺したと思うんだ？　それはただの夢だろう？」

　馬鹿にされているのかと、桜羽の頭に血が上った。

「違うわ！　あの夢は私の失われた記憶……本当にあった出来事なのよ！　私の母は少女の頃に鬼に攫《さら》われて、無理矢理、婚姻させられて私を産んだ。私が八歳の時、母は赤髪の鬼の少年に殺されたの。行方のわからなかった母を捜していた冬真様が駆けつけた時には、もう遅くて、ただ一人生き残った私は冬真様に助けられたのよ」

　早口でまくし立てる桜羽の話に静かに耳を傾けていた焔良は、不機嫌な表情を浮かべた後、イライラしたように髪をかき回した。

「……八歳以前の記憶を失っているだと？　どうりで……」

　舌打ちをした後、髪から手を離し、桜羽に目を向ける。

　焔良は寝台から降りると、桜羽のほうへ歩み寄ってきた。桜羽は後退したが、すぐに背中が壁に当たった。

　瞳だけは爛々《らんらん》と焔良を睨み付けつつも、小動物のように震えている桜羽を見て、焔良は弱ったように溜《た》め息をついた。

「そんなに恐れるな。何もしない。お前を害する気はない」

「嘘。華劇座の秘密を知った私を消すために、この邸《やしき》に連れてきたのでしょう」

間髪を容《い》れずに嚙《か》みついた桜羽に、焔良は否定の言葉を返す。

「そうではない。俺はただ、同朋《どうぼう》を守りたいだけだ」

「同朋って、華劇座で働いていた鬼女のこと？　……陰陽寮は以前から、華劇座が鬼と関係しているのではないかと疑っていたの。あの劇場で働いている人たちの中には、他にも鬼がいるのね？」

桜羽の質問には答えず、焔良は腕を組んで続けた。

「お前は、鬼やあやかしは、人や明治政府に仇《あだ》なす存在だと思っているんだろう？」

「そうよ」

油断なく身構えながら頷《うなず》くと、焔良は「それは誤解だ」と否定した。

「俺たちは人の世で、ただ穏やかに暮らしたいだけなんだ。人に害をなそうなどと思ってはいない」

「心にもないことを言わないで！　江戸幕府の頃、鬼は間諜《かんちょう》や暗殺者として働き、あやかしは人を襲っていたのでしょう？　現に先日も、鵺《ぬえ》を連れた鬼女が姥貝子爵の邸を襲撃したわ。子爵は怪我をされたのよ。あなたが命じたのじゃなくて？」

「確かに、かつてはそういった働きをしていた者もいた。先日、矢草が姥貝子爵邸に押し入ったのも事実だ……」

苦々しい表情で続けた焔良の言葉に、桜羽は「ほら！」と気色ばんだ。

「だが、大抵の鬼は人を傷つけるような真似はしない。これまでも、市井に紛れて人と同じように暮らしてきたんだ。かつての陰陽師たちはそれをわかっていて、むやみやたらと俺たちを狩ることはなかった。陰陽師が無差別に鬼とあやかしを狩るようになったのは、明治の世になってからだ」

焔良の言葉に嘘は感じられなかったが、桜羽は頑として彼の言い分に耳を貸さなかった。

「そんな話、私は信じない」

焔良の瞳に悲しげな色が浮かぶ。けれど、彼はすぐにその色を消し、真剣な口調で言った。

「お前は俺のことを母の仇だと言ったな」

「ええ」

「俺は、お前の母を殺してなどいない」

焔良は断言したが、桜羽には彼が言い逃れをしているように見えて、さらなる怒りが湧いた。

「この期に及んで嘘を言うの？」

今、この手に刀があれば、自分の命と引き換えにしてでも、焔良の胸を刺し貫いてやるのに。

焔良が桜羽のほうへ手を伸ばした。何かされるのではないかと身構えたが、彼は桜羽の頬に軽く触れただけだった。

「お前の目で見て、心で感じて、嘘か真《まこと》かを判断してほしい」

夢の中で母を殺していた羅刹《らせつ》のような姿が嘘だと思えるほどに、焔良の瞳は澄んでいて、口調は静かだ。思わず口をつぐんだ桜羽の頬から、焔良の骨張った指が離れる。

「明け方まで、まだ時間があるな。暴れて疲れているだろうに、お前は眠くはないのか？」

突然話題が変わり、どういう意味かと警戒していると、次の瞬間、桜羽の体はふわりと持ち上げられていた。

「ちょっと、また……！」

ここへ連れて来られた時のように横抱きにされて、桜羽は暴れた。

「本当にじゃじゃ馬だな……！」

焔良は、腕から飛び降りようとする桜羽の体を押さえながら寝台まで運び、その上にぽいと放り投げた。柔らかなマットに体が沈む。

桜羽が起き上がるよりも早く、焔良は桜羽の隣に横になると、背後からがっちりと体を抱え込んだ。

「何を……」

わけがわからず逃げだそうとした桜羽を胸の中に引き寄せ、身動きがとれないよう、足も搦《から》め取る。桜羽は悲鳴のような声を上げて抗議した。

「ちょっと！　離してってば！」

「こうしていれば、お前が俺を襲うのを防げるだろう？　閉じ込めていても、窓から忍び込んで来るんだからな。落ちたらどうするつもりだったんだ。いっそ目の前にいたほうが安心する。おとなしく抱かれていろ」

「……！」

なんだそれは、どういう理屈だと、桜羽は混乱した。

「少し落ち着け。そうカリカリしていたら身が持たないぞ」

これは新手の拷問だろうか。

屈辱的な気持ちで唇を噛む。桜羽を抱く焔良の腕が熱い。心臓の音が間近で聞こえる。ほんの少し鼓動が速く感じられるのは、人と種族が違うから？

ふと、どこかでこの音を聞いたことがあるような気がした。

おとなしくなった桜羽の耳元で、焔良が囁《ささや》いた。

「お前に協力してほしいことがある」

「協力？　何を？」

桜羽は焔良のほうを見ないままに問い返す。

「実はここ最近、鬼の子供が行方不明になる事件が続いている。お前の言う鬼女——矢草の娘も行方がわからない。矢草は偶然、劇場を訪れた華族たちが話していた噂を耳にしたんだ。鬼の子が闇のオークションにかけられ、上流階級層に買われているらしい、と」

「闇のオークション……？」

「競り売りだ。姥貝子爵も関わっていると聞き、矢草は子爵に問い質《ただ》しに行った。その際に、子爵に怪我をさせてしまったようだ」

それが、桜羽が鬼女を目撃した夜だったということか。

「それで、何かわかったの？」

もしそのようなオークションが行われているとしたら、さすがに問題だ。

桜羽の質問に、焰良は暗い声で答えた。

「矢草が姥貝子爵から聞き出した情報によると、ひと月後、鹿鳴館で開かれる夜会でオークションが行われるらしい」

桜羽は強引に体を反転させ、焰良のほうへ顔を向けた。

「鬼の子たちがそこで売買されるということ？」

焰良は静かに頷いた。彼の赤い瞳《ひとみ》は、嘘を言っているようには見えない。

「ひと月後の夜会って……外務大臣の十和田《とわだ》卿《きよう》が主催される舞踏会だったような……」

主賓は英国の公使夫妻で、かなり大々的なものになるらしいと、陰陽寮《おんみよう》でも噂になっていた。

「矢草が姥貝から奪ってきた招待状を見て偽造したから、中には入れる。怪しまれないように、パートナーが必要だと思っていたんだ。お前、ついてこい」

「は？」

桜羽は眉間《みけん》に皺《しわ》を寄せた。

なぜ陰陽師の自分が鬼のパートナーにならなければいけないのか。

桜羽の不満を察し、焔良がにやりと笑う。

「協力してくれたら、この邸から出してやる。陰陽寮に帰って、ここのことも華劇座のことも、好きに報告すればいい」

挑発するように言われて、桜羽の敵愾心《てきがいしん》に再び火が点《つ》いた。

「──わかった。あなたに協力するわ」

了承の答えを聞いて、焔良は満足げに笑った。

＊

桜の花が咲いている。

満開の木の下ではしゃぐ桜羽のそばで、誰かが蒲公英《たんぽぽ》で冠を編んでいた。

『──』

桜羽が名前を呼ぶと、その人は顔を上げた。けれど、目に霞《かすみ》がかかっているように、その人の顔立ちはよくわからない。

その人は、できあがった花冠を桜羽の頭に載せた。

『よく似合う』

褒められて嬉《うれ》しくなり、桜羽はその人の体に抱きついた。

『私――が大好き！　いつか私を――』

＊

翌朝目覚めた桜羽は、一瞬、自分がどこにいるのかわからなかった。体に重さを感じて横を向けば、焔良の端整な顔がすぐそばにあり、心臓が跳ねた。

（そうだ、昨夜この鬼を殺そうとして失敗して、なぜか無理矢理、同衾《どうきん》させられたのだったっけ……）

いつの間に自分は眠ってしまったのだろう。不覚にもほどがある。

睡眠中で脱力している腕を持ち上げると、焔良の目がぱちっと開いた。逃げようとしている桜羽に気付き、目を細める。

「おはよう、桜羽」

意外にも優しい声音で挨拶《あいさつ》をされ、桜羽は面食らった。

「お、おはよう……」

思わず挨拶を返してしまい、頭を抱えたくなる。鬼と同衾したなんて陰陽師として情けない。

乱暴に焔良の胸を押しのけ、急いで寝台を降りた。

「なんだ、照れているのか？」

「まさか！　朝だから起きるのは当たり前でしょう！」

仁王立ちをする桜羽を見上げ、焔良が「くくっ」と笑う。

「俺も起きよう」

焔良は半身を起こして伸びをした後、立ち上がった。浴衣《ゆかた》の帯に手をかけ、するりとほどく。鍛えられた胸筋が目に入り、桜羽は慌てて目を逸《そ》らした。

「淑女の前で、いきなり脱がないで！」

くるりと背中を向けた桜羽を見て、焔良は「淑女？」と笑った。

「刀を振り回し、箸《はし》で俺の喉《のど》を突こうとする女が？」

心底可笑《おか》しいというように笑い続けている焔良が腹立たしい。

「あなたは私の仇《かたき》なのよ！　そのうち殺してやる」

「おお、怖い怖い」

焔良は馬鹿にしたように相づちを打ちながら着物を羽織り、扉を開けて階下へ声をかけた。

「心花、いるか？」

「はぁい」

すぐに可愛らしい声が聞こえ、心花が階段を駆け上ってくる。

「おはようございます、焔良様っ」

心花は焔良の部屋の中にいる桜羽に気付き、目を丸くした後、にこっと笑った。

「おはようございます、桜羽様！」

「心花、桜羽の朝の支度を手伝え。それから、朱士が来たら、急いで桜羽の着替えを用意するよう伝えろ」

「はい、承りました」

心花はぺこりと頭を下げると、桜羽のそばへ駆け寄ってきた。

「桜羽様、洗面所へご案内します」

「顔を洗ったら、食堂へ来い。共に朝餉《あさげ》を食べよう」

焔良の誘いに、桜羽は警戒の表情を浮かべる。

「共にですって？　どういうつもり？」

「お前、昨夜は何も食べていないだろう？　かなり腹が減っているんじゃないか？」

図星を指されて驚く。なぜわかったのだろう。

「どうしてそれを……」

「夜中に腹が鳴っているのを聞いた」

「〜〜〜っ！」

桜羽は羞恥《しゅうち》のあまり、両手を体の横で握った。無意識に腹を鳴らしていたなんて気付かなかった。しかもそれを焔良に聞かれていたとは！

「仇の施しは受けたくないわ！　それに」

言いかけた言葉を、焰良が継ぐ。

「毒でも入っているかもしれないって？」

口角を上げた焰良を見て、桜羽の考えなどとっくに読まれていたのだと悔しくなる。

「入れるわけがないだろう。疑り深いお前に食事をさせるには、同じ料理をお前の目の前で食べてみせるのが一番だと思ってな。あとで食堂へ来い。いいな。来なければ迎えに行く」

「桜羽様、行きましょう」

心花が、イライラしている桜羽にかまわずに手を取る。

鬼とはいえ、さすがにいたいけな子供の手を振り払うのは躊躇《ためら》われて、桜羽は素直に心花に連れられ、焰良の部屋を後にした。

顔を洗い、乱れていた制服を整えた後、心花に案内されて食堂へ向かうと、焰良は既に椅子に座っていて、新聞を読みながら桜羽が来るのを待っていた。

着流し姿はくだけつつもすっきりとしていて、昨夜の洋装とは雰囲気が違う。和装もまた、彼の整った容貌《ようぼう》によく似合っている。

「待ちくたびれた」

「悪かったわね」

心花が引いた椅子に腰を下ろし、焔良と向かい合う。

しばらく待っていると、心花が朝餉の載ったお盆を手にやってきた。テキパキと二人の前に皿を並べていく。

焔良は毒など入れるわけがないと言っていたが、心から信用することができず、桜羽は疑り深い顔で料理を見つめた。焼き魚や味噌汁《みそしる》は、ふわりと湯気が立っていておいしそうではある。正直、お腹はかなり空《す》いている……。

葛藤《かっとう》している桜羽を見て、焔良が「くくっ」と笑った。先に箸を取り、桜羽の皿に手を伸ばす。魚を少し摘《つ》まんで口に入れ、汁物も啜《すす》る。

「安心したか？」

自ら毒味をしてみせた焔良に驚いたが、毒が入っていないのは本当のようだ。桜羽はようやく箸を手に取った。魚の身を摘まみ、おずおずと口に入れると、塩加減がちょうどよい。

「おいしい……」

思わずつぶやくと、桜羽の感想を聞いた焔良が嬉しそうに微笑んだ。

初めてみる柔らかな微笑に、なぜだか懐かしさを感じ、桜羽の胸に不思議な感情が湧く。

戸惑いを隠すように目を伏せ、桜羽は素っ気ない口調で返した。

「このお料理、誰が作っているの？」

「心花だ」

「えっ！」

（こんな小さな子が？）

驚く桜羽に、心花が明るく答える。

「はい、毎食お作りしています！」

「前までは通いの女中が来ていたんだが、一身上の都合で辞めたんだ。誰か雇わないいと思っていたところに、たまたま心花がこの邸《やしき》に来てな。なんでもするから置いてほしいと言うので、家事をしてもらっている。働き者なので、助かっているんだ」

「そうなのね。偉いわ」

「ああ、そうだ。桜羽」

焔良と桜羽に褒められて嬉しかったのか、心花は「えへへ」とはにかんだ。

魚を口に運ぶ桜羽に、焔良が思い出したように声をかけた。

「今日から一ヶ月間、しっかり練習をしてくれ」

「何を？」

妙なことをさせられるのかと警戒したら、彼は面白そうに笑った。

「ダンスだ」

第二章

「ワン、ツー、スリー、ワン、ツー、スリー」

「きゃあっ！」

焔良にエスコートされながらステップを踏んでいた桜羽は、踵《かかと》の高い靴で体勢を崩し、前のめりになった。倒れそうになった桜羽を、焔良が咄嗟《とっさ》に支える。心底呆《あき》れた様子で溜《た》め息をつき、

「……先行きが不安だな」

とつぶやいた。

「その様子では、ひと月後までにダンスを習得できるとは思えないな」

「…………」

馬鹿にするように言われて、桜羽は反抗的な視線を向けた。

ここ数日、桜羽は焔良から厳しいダンスの練習を受けている。

男性と体を密着させて踊るだけでも抵抗があるのに、けなされると悔しくてたまらない。

「習得してみせるわ」

「せいぜい頑張れ。練習を続けるぞ」

鼻で笑いながら焔良が腕を広げる。桜羽は嫌々彼の手を取った。心花が弾くピアノの旋律に合わせて、くるりと回る。心花は音楽が好きで時間がある時によくピアノの練習をしているらしく、なかなかの腕前だ。

「桜羽様、頑張ってくださいっ」

必死に焔良についていく桜羽を、心花が無邪気に応援してくれる。

(あの子は、私に好意的なのよね。私のこと、陰陽師《おんみょうじ》だってわかっているわよね？　怖くないのかしら……)

心花は桜羽の顔をまっすぐに見上げて話をする。澄んだ瞳《ひとみ》に敵意は感じられない。

(まだ子供だから？)

考え事をしていたら、今度は足を踏んでしまった。焔良が顔をしかめて「痛っ」と声を上げる。

動きを止めた焔良が、冷たいまなざしで桜羽を見下ろす。

「…………」

無言が逆に怖い。

桜羽は背筋を伸ばすと、今度は自分から腕を差し出した。

「もう一曲お願いできるかしら？」

つんと顔を上げて誘うと、焔良の口元に笑みが浮かんだ。「くくっ」と面白そうに笑った後、

「喜んで、お姫様」

と言って、桜羽の手を取った。

桜羽は、もう片方の手を焔良の肩に載せた。焔良が桜羽の背中に手を添え、音楽に合わせて足を踏み出す。桜羽は彼の動きに合わせて一歩下がる。三拍子の調子に乗りながら、自然な動きでターンする。

今回は、先ほど足が絡まった場面もすんなりとこなすことができ、焔良の動きについていけている。

なんとか最後まで踊りきると、桜羽は優雅に一礼した。

上がった息を整えている桜羽に、心花が激しく両手を叩《たた》きながら、賞賛の言葉を投げてくれる。

「素敵です！　焔良様、桜羽様！」

「ちゃんと踊れたじゃないか」

声をかけられて振り向くと、焔良が笑っていた。

出会ってからずっと、からかわれたり嫌みを言われたりと、意地悪な笑みが多かったので、彼の明るい笑顔に面食らった。

「あ、当たり前じゃない！」

調子が狂って、斜め上を見ながら言い返す。視線を合わせようとしない桜羽の様子が可笑《おか》しかったのか、焔良はまだ笑っている。

(協力すると見せかけて、鬼の情報を集めるためにやっているだけよ！　焔良が油断して、鬼の弱点や秘密をぽろっと漏らさないかと思って喋《しゃべ》ってるの！)

桜羽は無言で焔良に背を向けると、長椅子に歩み寄った。腰を下ろし、腕を組んで横を向いている桜羽の様子に、焔良の笑みが苦笑に変わる。

「お姫様の機嫌を損ねてしまったみたいだな。そろそろ切り上げようか。また時間がある時に練習しよう。本当は毎日付き合ってやりたいんだが、仕事が忙しくてな」

なんの仕事をしているのかと気になり、桜羽は焔良に顔を戻し、軽く首を傾げた。

「仕事……って劇場の？」

「その他にも、別に本業がある」

「本業？　何？」

なんだろうと思って聞いてみると、焔良はさらっと、

「金貸し業」

と答えた。

「金貸しって……あなた、鬼なのに人にお金を貸しているの？」

「鬼だって生活があるんだぞ。そのためには金がいる」

呆れたように言われて、「確かにそれもそうか」と妙に納得した。

（焔良の邸は大きくて綺麗《きれい》だし、毎日おいしいご飯も出てくるわ。心花のお給金も発生しているはず。鬼とはいえ、帝都に暮らしているのだもの。収入がないと困るわよね。……あれっ？　でも……）

ふと疑問を感じ、焔良に尋ねた。

「あなたからお金を借りている人は、あなたが鬼だって知っているの？」

「大抵の奴は気付いていない。こちらも言わないしな」

「隠しているのね。あなたの正体を知った誰かが、私たちに情報を流すと困るものね」

桜羽の嫌みを聞き流し、

「鬼は妖術《ようじゅつ》を使うことができる。人は、自分にない力を持ち、理解の及ばない相手に対して恐れを持つものだ。隠しておけるなら、隠しておいたほうがいい」

焔良はそう言って寂しそうに微笑んだ。

陰陽寮は、鬼の居場所を突き止めるため、情報を集めている。どこに隠れ住んでいるだとか、それらしき姿を見かけただとか、帝都市民から情報を得ると詳しく調べ、黒となれば狩りに向かう。鬼にとって、噂程度でも疑われれば、命取りになるだろう。

「そんな不便をしてまで、どうして帝都に住んでいるの？」

「地方に行けば、陰陽寮の目も届かないだろうに」と思って聞いてみると、焔良は皮肉げに笑った。

「お前、自分が生まれ育った故郷をそうそう捨てられるか？　……といっても、地方へ引っ越したり、陰陽師に狩られたりして、帝都に暮らす鬼は数を減らしているがな」

焰良の口調に責めるような響きを感じ、複雑な気持ちになる。

(鬼を討伐するのは私たちの……陰陽寮の職務だわ)

自分たちは責任を果たしているだけだ。

もやもやしていると、

「焰良様」

と声が聞こえた。いつの間にやってきたのか、広間の入り口に朱士が立っている。華劇座の支配人室に入ってきた時と同じ洋装姿だ。あらためて見ると、彼は焰良に負けず劣らず背が高く、姿勢がいい。

(あの人、焰良の側近なのかしら)

彼にも身動きを封じられたことを思い出し、怒りと悔しさでムカムカしてくる。桜羽の敵意に気付いたのか、朱士がちらりとこちらを見た。一瞬、まなざしを鋭くしたものの、落ち着いた様子で焰良に視線を戻した。

「お迎えに来ました」

「ああ。着替えてくるから、ここで待っていてくれ。ではな、桜羽」

焰良は朱士に命じた後、桜羽に向かってひらりと手を振り、颯爽《さっそう》と広間を出ていった。

「焰良って、案外忙しいのね……」

桜羽のつぶやきが聞こえたのか、朱士がこちらを向いた。

「ええ。焔良様はお忙しいのです。本来なら、陰陽師の小娘にかまっている暇などないのですよ」

悪意のある言葉に、桜羽は反射的に言い返した。

「なら、私を解放すればいいのだわ。私がここにいる理由はないもの」

「そうできれば、どんなにいいでしょうね……！」

朱士は抑えた声でそう言うと、桜羽を睨《にら》んだ。彼の怒りを感じ、不覚にもたじろいでしまう。

（私を解放したら、陰陽寮に帰って、焔良の邸《やしき》と華劇座のことを話すと思っているのね）

桜羽を邪魔に思いながらも、自由にはできない。朱士の悔しさが伝わってくる。

焔良にここで待っているように言われたものの、これ以上、桜羽の顔を見ていたくないのか、朱士は広間を出ていった。

桜羽は俯《うつむ》いた。ドレスの裾《すそ》と、靴の先が目に入る。

（私、ここで何をやっているのかしら）

鬼の頭領の邸で、彼に教えられてダンスの練習をしている。自分は本来、鬼を狩る側の人間なのに。

桜羽が上手に踊れると、焔良は嬉《うれ》しそうな顔をする。

仲間思いの朱士は、桜羽の存在が気に食わない。

（彼らにも感情がある……）

今まで、鬼は邪悪で非道だと思い込んでいた。

重い気持ちで考え込んでいる桜羽に、心花が心配そうに声をかけた。

「桜羽様。朱士様のことはお気になさらないでください。お部屋に戻りましょう」

「私は大丈夫よ、心花」

桜羽は空元気で微笑むと、心花に連れられて広間を出た。

廊下を歩いていると、庭に面したサンルームを通りかかった。硝子《ガラス》窓の向こうには薔薇《ばら》園があり、今はまだ花を咲かせてはいない。

（今、心花を突き飛ばして、窓に向かって走れば逃げられるかもしれない）

ふとそんな考えが脳裏を過《よぎ》った。けれどすぐに、桜羽に好意を寄せてくれる純真な幼子を傷つけるなんていけないことだと思い直す。

（いくら彼女が鬼だとしても、こんな子供に怪我をさせるのは人として最低だわ）

自室へ戻ると、桜羽は椅子に腰を下ろした。心花が背後に回り、背中で結ばれたドレスのリボンをほどく。桜羽がドレスを脱ぎ、コルセットを外している間に、箪笥《たんす》から銘仙を取り出し、着替えの用意を調えてくれた。

着物は陰陽《おんみよう》寮の制服しかない桜羽のために、焔良が命令し、朱士に揃えさせたものだ。きっと朱士は、桜羽のための買い物など、嫌でたまらなかっただろう。

洋装から和装へと着替えると、体がふっと楽になった。和装の帯も体を締め付けるが、こちらは着慣れている。洋装のコルセットは、窮屈で苦しい。

椅子に座り直して、ほっと一息つきながら、桜羽は窓に目を向けた。

この邸に連れて来られた最初の夜に、あの窓から外に出て、焔良の部屋のバルコニーへ飛び移った。けれど、今はもう同じことはできない。窓が開かないように、外から木の板で塞《ふさ》がれている。

足場もない二階の窓を塞いだのは、異常に手が長い男と、足が長い男だった。最初、普通の人間と変わらない姿をしていた彼らだが、手と足を長く伸ばすと、やすやすと板を窓に打ち付けてしまった。彼らは何者なのかと焔良に尋ねたら、手長・足長というあやかしなのだと教えられた。彼らの正体を聞いてぎょっとしたものの、手長・足長は特に悪さをするわけでもなく、仕事を終えたら、焔良に駄賃をもらって帰っていった。

窓だけではない。この部屋の扉には、常に鍵《かぎ》がかけられている。食事をしに食堂へ行ったり、ダンスの練習をしたりと、邸内を移動することはあるが、その際はいつも心花がそばにいる。

いくら焔良が気さくで、心花が優しくても、桜羽は監視付きの囚《とら》われの身なのだ。

*

ダンスの練習を始めてから数日後。

「桜羽、今日はいつも以上に足下がおぼつかないぞ。しっかりしろ」

焔良に注意をされて、桜羽は一瞬よろめいた姿勢を急いで立て直した。

「そんなことはないわ。今日は調子がいいぐらいよ」

つんと顔を上げて、焔良のリードでくるりと回る。

お互いにお辞儀をしてダンスを終えると、焔良がいきなり桜羽の体を抱き上げた。

「えっ、ちょっと、何をするのよ！」

焔良は桜羽の抵抗にかまわず部屋の隅に歩いていくと、長椅子に座らせた。すぐさま床に膝《ひざ》をつき、桜羽の足を掴《つか》む。

「きゃあっ！」

ドレスの裾をまくり上げられ、恥ずかしさで悲鳴を上げた桜羽から注意深く靴を脱がし、焔良は眉間《みけん》に皺《しわ》を寄せた。

「おかしいと思った。……なんで黙っていた？」

焔良に問われて、桜羽はそっぽを向いた。

桜羽の足はひどい靴擦れを起こしていて、あちこち赤くなっていた。

「こんなのたいしたことないわ」

うそぶいた桜羽の額を、焔良がぺしんと叩《たた》く。

「やせ我慢をするな」

図星を指されて黙り込む。本当はかなり痛い。

焔良に馬鹿にされるのが悔しくて、早くダンスを習得し見返してやろうと、部屋に閉じ込められている間はずっと一人で練習をしていた。——などと、言えるわけがない。

無言の桜羽を見て、焔良は一つ溜《た》め息をつくと、桜羽の体をもう一度抱き上げた。

「部屋に運ぶ。薬を塗ってやるから、今日は部屋でじっとしていろ」

「離し……」

再び抗議しようとした桜羽に、焔良が真剣な口調で言う。

「黙れ。黙らないと口を塞ぐ」

「……っ」

以前、華劇座で捕まった時と同じ台詞《せりふ》を言われて、桜羽の頬が赤くなる。本当に口を塞がれてはたまらないと、俯いて顔を隠した。

桜羽を部屋に運ぶと、焔良は手ずから桜羽の足に薬を塗り、包帯を巻いた。

「無理をしたものだな」

「……別に無理なんてしていないわ」

強がった後、桜羽は小さな声で「ありがとう」とお礼を言った。

桜羽の足首で包帯を結んでいた焔良が、ちらりと顔を上げ、僅《わず》かに微笑む。

「いつもそんなふうに素直だと可愛いんだがな」

「あなたに可愛いと思われなくていい」

「はいはい」

焔良は立ち上がると、桜羽の頭をぽんぽんと撫《な》でた。子供にするような仕草に腹が立ち、手を振り払う。

けれどすぐに、足の手当てをしてくれた焔良に対し「やり過ぎだったかしら」と反省した。

桜羽が、謝るかどうしようかと内心で葛藤《かっとう》しているうちに、焔良は薬箱を手に取り「おとなしくしておけよ」と念を押して部屋を出ていった。

一人になった桜羽は、包帯を巻かれた自分の足を持ち上げた。

「あーあ……」

個人練習が焔良に知られてしまい、溜め息が漏れる。

椅子から立ち上がって窓辺へ行き、打ち付けられた木の間から下を覗《のぞ》くと、しばらくして、インバネスコートを身に纏《まと》った焔良が、玄関から出てくるのが見えた。朱士を伴っている。これから仕事へ行くのだろう。午前中に桜羽とダンスの練習をして、午後から出かけていく日は華劇座へ、朝から出かけていく日は金貸し業の仕事に行っているらしい。

「忙しい人……」

玄関前には、馬が繋《つな》がれた馬車が停まっている。毎日焔良を迎えに来る朱士は、華劇座では副支配人、本業の金貸し業では番頭という立ち位置にいるらしい。

桜羽の視線の先で、焔良を乗せた馬車が動きだした。

華劇座で夜公演がある日は、焰良の帰宅は遅くなる。

桜羽は一人で夕餉《ゆうげ》を取ると、いつものように部屋に閉じ込められた。心花は桜羽に対して好意的だが、焰良の命令は絶対に守る。彼女が鍵をかけ忘れたことは一度もない。桜羽が本気になれば、心花の隙を突いて逃げるのは可能だろう。けれど、いじらしい彼女を見ていると、騙《だま》したり傷つけたりなどできないと、いつもためらってしまう。

（協力関係が終わったら、解放してくれる約束だもの）

焰良の言葉をどこまで信じていいのか、まだ一抹の迷いは残っている。この邸《やしき》に軟禁され続けるわけにはいかない。

桜羽は寝台に横になり、陰陽寮のことを考えた。

（冬真様や他の皆は、今頃、私のことを心配しているかしら……）

少なくとも、同輩の斎木は心配してくれていそうだ。

腕を瞼《まぶた》の上に載せる。今日、無理をしてダンスの練習をしたからだろうか。体がだるい。

（疲れているのかな……）

やけに熱いなと思いながら、桜羽は眠りに落ちた。

翌朝、目を覚ました桜羽は、胸のむかつきを感じて口元を手で押さえた。

（なんで？　吐き気がする……）

体は熱っぽく、頭はぼんやりとしている。

昨日疲れていたとしても、翌朝までこんなに引きずることはないだろう。

突然の体調不良に混乱していると、扉を叩く音が聞こえた。すぐに心花が顔を出す。

「おはようございます。桜羽様……桜羽様？」

寝台の上でぐったりしている桜羽に気付き、心花が飛んできた。

「どうされましたか？」

桜羽の顔を覗きこみ、額に手を当てた心花は目を丸くし、部屋から飛び出していった。

すぐに焔良を連れて戻ってくると、心花は焦った口調で、

「焔良様、桜羽様のご体調がすぐれません」

と、訴えた。焔良が大股《おおまた》で寝台へ歩み寄り、枕に顔を埋《うず》めている桜羽に声をかける。

「桜羽、どうした？」

「……吐き気がする……」

あまり話すと嘔吐《おうと》してしまいそうで、一言だけそう言うと、焔良は険しい表情で桜羽の首筋に触れた。

「体が熱いな。――心花！　薬と水を持ってこい」

焔良に命じられた心花が身を翻した。階段を駆け下りる足音が聞こえてくる。

「吐き気の他に症状は？」

「お腹痛い……」

「腹からくる風邪かもしれないな。ここに来てからずっと気を張っていて、疲れが出たんだろう」

心花が薬箱と水差しを持って戻ってくると、焔良が尋ねた。

「少しだけ起きられるか？」

小さく頷《うなず》き、彼に背を支えてもらいながら半身を起こす。差し出された薬を水で飲みこみ、再び横になった。

「医者を呼ぶ」

「……お医者様なんて呼んで大丈夫なの？　私が『鬼に捕まっている』って話すかもしれないわよ。いい機会だと思って逃げだすかも」

弱々しい声で憎まれ口をきくと、焔良は微苦笑を浮かべた。

「そんな力も残っていないくせに。寝ていろ。すぐに医者を連れてくる」

足早に出ていく焔良の背中を、桜羽は熱でぼうっとした状態で見送った。

焔良の呼んだ医者に診察してもらい、心花が作った粥《かゆ》を少し食べた後、寝台に横になってうとうととしていた桜羽は、誰かに額を撫でられたような気がして目を覚ました。

「ああ、すまない。起こしてしまったか」

見上げると、焔良が申し訳なさそうな顔で桜羽の様子を窺《うかが》っていた。

(なんだか、随分前にも、こんな風に頭を撫でられたことがあるような気がする)

最近ではない。もっとずっと昔——

(そんなこと、ないはずなのに……)

きっとまだ、熱でぼんやりしているのだ。

「具合はどうだ?」

寝台の端に腰を下ろし、焔良が尋ねる。

「お腹も吐き気も治まったみたい……」

「そうか。よかった。あとは熱だけだな」

焔良はほっとしたように微笑むと、布団を桜羽の肩まで引き上げた。

子供にするように、桜羽の体をトントンと叩《たた》く。優しい振動が心地よく、桜羽は目を瞑《つぶ》った。

次に目を開けた時は、既に朝になっていた。

熱も下がったのか、頭はすっきりしている。

半身を起こそうとして驚いた。すぐそばに焔良の顔がある。桜羽の左手を握ったまま眠っている。

「焔良?」

まさか、一晩中ついていてくれたのだろうか。上着も羽織らずに眠っている焔良を見て、今度は彼が風邪を引いてしまうのではないかと慌てる。

(何か、かけるもの……)

手を離し、桜羽が被《かぶ》っていた布団を引き寄せ、焔良の体にかけようとしていたら、彼の瞼がぴくりと震えた。

「……桜羽。なぜ……」

(私の名前?)

もしや焔良は、桜羽の夢を見ているのだろうか。

(どうして? どんな夢を見ているの……?)

気になり、前屈《かが》みになって顔を覗きこむと、桜羽の息づかいを感じたのか、焔良の目がゆっくりと開いた。慌てて体を起こし、距離をとる。

「……おはよう、桜羽」

焔良は桜羽が起きていることに気付くと、やや寝ぼけた声で挨拶《あいさつ》をした。

「あなた、もしかして一晩中私のそばにいた? 私の風邪……うつっていない?」

心配になって確認すると、焔良は目を丸くした後、ふわりと笑った。

「心配してくれるのか?」

「し、心配なんてしていないわ! もしそうなったら困るなって責任を感じただけ!」

不覚にも、彼の柔らかな微笑みに動揺し、それを隠そうと横を向く。

月影邸へ引き取られて間もない頃、ひどい風邪を引いたことがある。冬真はちょうど出張中で、桜羽は一人で部屋に寝かされていた。心細かったが、桜羽が鬼の血も引く子であると知っている月影邸の使用人たちは桜羽を恐れていて、誰も様子を見に来てくれなかった。

あの時の寂しい気持ちを思い出し、胸が切なくなる。

桜羽は尖《とが》らせていた唇を緩めると、焔良のほうへ顔を戻した。囁《ささや》くように礼を述べる。

「一緒にいてくれて、ありがとう」

焔良は、桜羽からの思いがけないお礼の言葉を聞いて、今度は少年のような笑みを浮かべた。

＊

鹿鳴館の夜会が近付いてきた。

ダンスも様になってきて、この調子でいけば間に合いそうだ。

「桜羽様、今日の練習もお疲れ様でした。おやつをどうぞ。甘いものは疲れが取れます」

心花が持ってきてくれたお菓子を見て、桜羽の口元に笑みが浮かんだ。

「まあ！　あんぱんね」

あんぱんは桜羽の好物だ。まさか焔良の邸《やしき》で食べられるとは思っていなかったので、内心喜んでいると、心花がにこにこしながら説明をした。

「桜羽様がお好きだとおっしゃっていたので、焔良様が買ってきてくださったのです!」

「焔良が?」

そういえば……と思い出す。先日、朝餉《あさげ》の席で、焔良に「桜羽は好きな食べ物はあるのか?」と聞かれた。深くは考えず「あんぱんよ」と答えたが、どうやら覚えていたらしい。

(ダンスを頑張っているから、気を遣ってくれたのかしら……)

桜羽はあんぱんを手に取った。二つに割り、片方を心花に差し出す。

「半分こしましょう」

桜羽にあんぱんを渡されて、心花の顔が輝いた。

「よろしいのですか?」

「一人で食べるより、二人で食べたほうが楽しいわ」

そう言うと、心花は、

「えへへ、桜羽様とお揃いだぁ」

と嬉《うれ》しそうに笑った。

あんぱんにかじりついている心花を見て、桜羽はふと尋ねてみたくなった。

手にしていたあんぱんを皿に戻し、あらたまった口調で心花の名を呼ぶ。

「ねえ、心花」

「はい？」

口元にあんをつけながら、心花が顔を上げる。

「私は陰陽師《おんみょうじ》なのに、あなたは私のことが怖くなかったの？」

そう尋ねると、心花はあっけらかんと、

「怖くないです。私は、桜羽様が優しい方だと知っていますので」

と答えた。あまりにも躊躇《ためら》いがなかったので驚いた。

「私とあなたが出会って、まだひと月も経っていないのに、どうしてそう思うの？」

不思議な気持ちで尋ねると、心花は残りのあんぱんを口に押し込み、ぴょんと跳び上がった。

「えっ？」

次の瞬間、そこに心花の姿はなく、もふもふとした小さな狸が黒目がちの瞳《ひとみ》で桜羽を見上げていた。

「た、狸？」

驚いている桜羽に向かい、子狸が口を開く。

「私の本性は化け狸なのです」

「心花は鬼ではなくあやかしだったということ？　……全然わからなかったわ」

人の姿をとっている時、どこからどう見ても、心花は普通の女の子だった。

手長・足長といい、異形だと思っていたあやかしたちも、一見人とは変わらない姿で市井に紛れ込み、生活をしているのかもしれない。

狸姿の心花はくりくりとした目で桜羽を見上げながら、

「私は以前、桜羽様に助けていただいたことがあるのです」

と続けた。

そう言われて、桜羽の記憶が蘇《よみがえ》る。

「もしかして、あの時の子狸……！」

末廣と毒島にいじめられ、震えていた子狸。あの子が心花だったとは。

「陰陽師は今まで、あやかしをたくさん殺してきたわ。陰陽師が働いている陰陽寮は、あなたにとって危ない場所でしょう？　どうしてあの時、迷い込んで来たの？　間違えて入ってきてしまったの？」

「それは、陰陽寮に用が……あっ、いえ、なんでもありません！　たまたまです！」

桜羽の質問に何か答えかけた心花は、「えへへ」と笑って鼻を掻《か》いた。

「道に迷ってしまったのです」

「道に迷っただなんて……危ないわ。現にあなたは末廣さんと毒島さんに殺されかけていたのだし、私もあなたのことを殺すかもしれなかったわよ？」

心花の危なっかしさを心配しながらそう言うと、心花は澄んだ瞳で桜羽を見つめた。

「桜羽様は、私を殺したりなんてしません。迷い込んだ子狸を助けてくださるような、優しいお心を持った方ですもの。それに、焔良様は人と共存したいと願っておられます。私は焔良様の意思に従います」

純粋な心花を見て、桜羽の心が震えた。

(この子は私のことを、こんなに信じてくれている)

自分以外の陰陽師に見つかったら、簡単に殺されてしまいそうで、胸が痛くなる。

あやかしの心花も陰陽師が討伐する対象であるはずなのに、無邪気な彼女だけは傷つけたくないという気持ちが沸き起こってくる。

「あなたはいい子ね……いい子すぎるわね……」

桜羽は心花を抱き上げると、優しく頭を撫《な》でた。


「桜羽、どうした？　何かあったか？」

その夜、早く帰宅した焔良と食事をしていると、彼が心配そうに桜羽に声をかけた。

昼間の心花との会話を思い出していた桜羽は反応が遅れ、

「えっ……何か言った？」

と問い返した。

「今日、何かあったのかと聞いたんだ。元気がない様子だから」

「そう……？　考え事をしていただけよ。――ねえ、焔良。あやかしってなんなの？

鬼ってなんなの……？」

桜羽の唐突な質問に驚いたのか、焔良は煮魚をほぐしていた手を止めた。

「いきなりだな」

「……少し、気になったのよ」

小さな声で続けた桜羽を見て、焔良の表情が真面目なものに変わる。

「あやかしは、自然現象への畏《おそ》れ、暗闇や、理屈では理解できない出来事への恐怖、教訓……そういった人間の感情が姿を得たものだ。そして鬼は、もともと人と同じものだった」

意外な答えに驚き、桜羽は焔良を見つめた。

「鬼が人と同じ？」

「古《いにしえ》の時代、まだ勢力が分布し、一つにまとまっていなかった日本を統治しようとした大王《おおきみ》は、自分たちに従わない者たちを『鬼』と呼んだ。鬼は人間に害をなす化け物だから、討伐するべきという大義名分を作ったんだ。迫害された人々の中で特殊な能力を持つ者たちが中心となり朝廷と戦ったが、彼らは敗北して僻地《へきち》へと逃げた。その人々の系譜が、今の俺たちだ」

「特殊な能力を持つ者……」

「つまり、お前たちが言う、鬼の妖力《ようりょく》のことだな」

「あなたの口ぶりでは、迫害された人々の中には、特殊な力を持つ者と、そうではない者がいたというように聞こえるわ」

気になって確認すると、焔良は「鋭いじゃないか」と笑った。

「その通りだ。それこそ、鬼が人と同じだったという証拠。なぜ、持つ者と持たない者と差ができるのか理由はわからないが、こう考えられはしないか？　人はそれぞれ得意なことが違う。運動神経が良い者もいれば、芸術的能力が高い者もいる。たまたま、妖術を使えるものがいたというだけのことだ。そこに優劣はない」

（優劣はない……）

焔良の言葉を、桜羽は胸の内で繰り返した。

「そして、鬼として逃げのびた人々の中で、抵抗に疲れ、結局、朝廷側に付くことを選んだ者たちの中にも、僅《わず》かな数だが、特殊な能力を持つ者たちが交じっていたといわれている。その系譜を引く者たちが陰陽師だ」

「えっ……」

初めて耳にする話に、桜羽は息を呑《の》んだ。

「だから、お前たちは自然の力に由来する術を使うことができる。だが只人《ただびと》との婚姻を繰り返したために、今はほとんど力を失い、稀《まれ》に先祖返りをして能力を持って生まれてきても、僅かな力しか発揮できないがな」

「先祖返りをした能力が、私たちが神力と呼ぶ力……？　もしかして、私たちが呪《まじな》い札を介さなければ術を使えないのは、長い年月の間に能力が弱まってしまったから？」

「そういうことだ」

「私たちとあなたたちは、もとは同じ、何も変わらない……？」

自分の常識が覆されそうになり、桜羽は頭を振ると、自らの言葉を否定した。

「そんなことない。鬼は鬼。人とは違う。だから私たちは鬼を狩ってきたのだもの」

葛藤《かっとう》している桜羽を見て、焔良が悲しげに目を細める。

「……俺は、お前が真実に気付いてくれることを願う」

＊

（人と鬼は同じ……）

いつものようにダンスの練習を終え、部屋に戻った桜羽は椅子に座り、ぼんやりと窓の外を眺めながら、昨日聞いた焔良の話を思い返していた。

（あんな話は信じない。だってもし本当にそうだとしたら、私たち陰陽師は、鬼ではなく人を狩ってきたことになるもの……）

椅子の上に足を乗せ、膝《ひざ》を抱えて額をつける。

（あやかしは異形の化け物。人に害をなしてきた存在なのよ）

素直な心を持ち人を信じている、優しい化け狸の女の子を思い、桜羽の胸がぎゅっと痛くなる。

（私たちは、どこかで何かを間違ったの？）

ぐるぐると考え込んでいたら、心花が桜羽を呼ぶ声がした。

「桜羽様、お客様が来ておられます。焔良様が客間に来るようにとお呼びになってます」

膝から顔を上げ、立ち上がる。

誰が来たのだろう、まさか陰陽寮《おんみょうりょう》の者ではあるまいし――

心花に連れられて客間に行くと、黒髪姿の焔良が一人の女性と話をしていた。女性は四十代ぐらいだろうか。流行《はやり》の洋髪に髪を結い、垢抜《あかぬ》けた着物を着ている。桜羽の姿に気付き振り向くと、丁寧に頭を下げた。

「槻田屋《つきだや》洋装店と申します。主人の代理で参りました」

名乗りを受けたので、お辞儀を返す。

「月影桜羽です」

洋装店の夫人がなんの用で焔良の邸を訪れたのだろうと不思議に思っていると、そばにいた焔良が、

「今日は、お前のドレスを仕立てるために、採寸に来ていただいたんだ」

と、説明した。

「ドレス……ああ、夜会の」

そういえば先日、焔良は、桜羽が夜会に着ていくドレスを誂《あつら》えると言っていた。高価だろうから申し訳ないと断ったら、「女性は皆、ドレス着用だ。陰陽寮の制服では門前

払いをくらうぞ」とからかわれた。

「可愛らしいお嬢様ですこと。ふふ、腕が鳴りますわね」

桜羽の頭の先からつま先まで見回し、槻田夫人が楽しそうに笑う。

「紅塚《べにづか》様は、少し席を外しておいてくださいませ」

「紅塚？」

名前が違うのでどういうことかと、目で焔良に尋ねると、焔良は桜羽にだけ聞こえるように、

「紅塚良《りょう》。俺の表向きの名前だ」

と説明した。

焔良に別の名前があったのかと、初めて聞く話に驚く。

焔良が客間を出ていくと、槻田夫人が桜羽に歩み寄った。

「寸法を測りますので、お着物を脱いでくださいな」

「ぬ、脱ぐ？」

「ええ」

夫人は恥ずかしがる桜羽の帯締めをほどき、ささっと帯を解いていく。

「腰が細いこと」

感心しながら器用に尺を使い手早く採寸していく夫人に、桜羽は、

「このお邸《やしき》にはよくいらっしゃるのですか？」

と尋ねた。

「紅塚様のご自宅に呼んでいただいて、個人的な注文をお受けするのは初めてです。普段は華劇座の女優さんたちの衣装を作らせていただいているので、劇場へ伺うほうが多いのですわ」

どうやら槻田屋洋装店は、焰良の御用達であるようだ。

「あそこの劇場の女優さんたちは本当に美形ばかりで感心してしまいますわ。まるで、種族全員が美しいと言われている鬼みたい」

夫人の口から鬼という言葉が飛び出し、桜羽の胸がどきりと鳴る。

「まあ、あそこの方々がたとえ鬼だとしても、今のところお客様には変わりないし、別にいいのですけれどもね」

あっけらかんとした槻田夫人に桜羽は驚いた。

「あなたは鬼を恐れていないのですか？」

槻田夫人は小首を傾げると、自分の気持ちについて考えるような顔をして答えた。

「鬼は妖《あや》しい力を持っていて人に害を与えるからやっつけないとって、陰陽師の方々は躍起になっているみたいですけれど、それって本当のことなのかしらって思うのです。私は鬼に会ったことはないから、真実なんてわからない。私には、あれこれと理由をつけて、術を使ったり刀を振り回したりして、あやかし狩りをしている陰陽師の方々のほうが野蛮に感じて怖いですわ」

思いがけず陰陽師に対する批判の言葉を聞き、桜羽の胸がどきんと鳴る。

「でも、鬼は幕府の命令で暗殺をしていたって……あやかしは無差別に人を襲っていたって……。だから政府は陰陽寮に鬼を狩るよう命じているのです」

夫人がやんわりと続ける。

「私の祖父がよく話していたのです。近所の長屋には鬼の夫婦が隠れ住んでいたけれど、とてもいい人たちだったって。祖父が困っていたら、時々不思議な力を使って助けてくださったそうですよ。鬼であっても、皆が皆、悪者なわけではないと思うのです。人間の中にも、信じられないような悪いことをする人もいるでしょう？　鬼も人と同じで、色々な方がいらっしゃるのではないかと思うのですわ」

槻田夫人の考えを聞き、心が揺れる。

焰良は、桜羽の怪我や病気を気遣ってくれた。

かつて鬼は人だったが、迫害されて隠れ住むようになったという話を、再び思い出した。

夫人は桜羽の寸法を帳面に書き込んだ後、話題を変えた。

「それにしても、紅塚様が個人的に女性にドレスを誂えるなんて、初めてのことで驚いてしまいましたわ」

「そうなのですか？」

「ええ。恋人のような方は、今までいらっしゃらなかったみたいですよ。天下の華劇座の支配人で本業も繁盛していらっしゃる。お金持ちの上に、あの美貌《びぼう》。上流階級の方々とのお付き合いもあるようですし、彼と娘を結婚させたいと思っている方も多いのではないかしら。不思議に思って、以前、さりげなく『ご結婚はなさらないのですか』とお聞きしてみたら……ふふ」

夫人は楽しそうに笑うと、思わせぶりな視線を桜羽に向けた。

「紅塚様は『昔、将来を約束した人がいるから』とお答えになったのです。もしかしてあなたが、そのお約束の方？」

「えっ……」

思いがけない話を聞き、桜羽は驚いた。

（焔良に婚約者がいるの？）

「…………」

なぜか複雑な気持ちになり、黙り込んでしまった桜羽を見て、夫人は「しまった」という表情を浮かべた。焔良の話していた婚約者が、桜羽ではないと気付いたのだろう。

「だいぶ前の話ですわ！　きっと今はもう、その方のことは忘れてらっしゃると思いますよ。今はお嬢さんが、紅塚様の一番近くにいらっしゃるのでしょう？」

「私は……紅塚さんとはなんでもありません。ただの……」

（ただの、何？）

桜羽は途中で言葉を呑《の》みこんだ。

「さあ、寸法は測れましたわ。次は生地を選びましょう。見本の端切れを持参しました。何色がお好きですか？」

夫人は楽しそうに、端切れの束を取り出した。

桜羽は脱いだ着物を身につけながら、自分の胸が重苦しく沈んでいることを感じていた。

＊

桜羽が焔良の邸に連れて来られてから、ひと月が経った。今夜、鹿鳴館で、十和田外務大臣主催の夜会が開かれる。

「桜羽様、お綺麗《きれい》です！」

バッスルドレスに身を包んだ桜羽のそばで、心花が両手を組んで瞳《ひとみ》を輝かせた。艶のある青い生地で仕立てられたバッスルドレスは、大人っぽい色合いながらも、織り込まれた小花の模様で可愛らしさも感じさせる。

着替えを手伝ったり、髪を結ったりしてくれた心花は、普段とは違い、桜羽と同い歳ぐらいの少女の姿をしていた。変化《へんげ》が得意な化け狸なので、年齢調整ができるらしい。普段幼い姿なのは、それが一番楽なのだそうだ。背の高さが欲しい時は、姿を変えるのだと言っていた。

楽しそうな心花とは対照的に、鏡に映る自分の姿を見た桜羽は眉間《みけん》に皺《しわ》を寄せた。このような華やかなドレスは着慣れていないので、どうにも似合っていない気がする。フリルやリボン、ブローチのついた襟元も装飾過多に感じて、顔が負けているように思える。

何度も鏡の前で回り、「うーん」と唸《うな》っていると、

「桜羽、着替えられたか？」

声が聞こえると同時に扉が開き、焔良が部屋に入ってきた。

「ええ、着替えは終わったけれど……」

返事をしながら振り向いた桜羽は、思わず息を呑んだ。

焔良は仕立てのいい燕尾服《えんびふく》を身に纏《まと》い、髪を軽く整えていた。華劇座へ出勤する日の洋装は見慣れているが、燕尾服はひときわよく似合っていて、美しい顔立ちが引き立っている。

髪と瞳は黒に色を変えているが、もし彼が本来の妖艶《ようえん》な赤い瞳で見つめたら、夜会に参加した令嬢たちは目眩《めまい》を起こしてしまうのではないだろうか。

焔良も驚いた表情で桜羽を見ている。

やはり自分のドレス姿は変だったかと、恥ずかしくなって横を向き、

「似合っていないと思っているのでしょう」

と、拗《す》ねて頬を膨らませる。

焔良は桜羽に近付いてくると、目を細めて見つめた後、手にしていた洋紅の蓋《ふた》を開けた。

「桜羽、こちらを向け」

頤《おとがい》に指をかけられ、自然と焔良を見上げる形になった。顔が近付き、ドキッとする。

「触らないで」と言って手を振り払いたいのに、なぜだかそれができない。まるで、焔良の瞳に囚《とら》われてしまったかのようだ。

動揺して目を瞑《つぶ》った桜羽の唇に、ひやりとした何かが当たった。瞼《まぶた》をそっと開けると、焔良が洋紅の先を桜羽の唇に当てていた。そのまま、すいと横に引く。

「……これでいい」

焔良が柔らかく微笑む。

桜羽は姿見に目を向けた。唇が美しい紅色に染まっている。

まるで焔良がそこに花を咲かせたかのように感じ、桜羽は気恥ずかしさで視線を逸《そ》らした。

鹿鳴館に到着し馬車を降りた桜羽は、その建物を見て、目を瞬かせた。

クリーム色の外壁にはアーチ形の窓がついていて、異国情緒を醸し出している。黒いとっくり形の柱の向こう側はベランダになっているようだ。

「きらびやかで立派な建物だけど……焔良のお邸《やしき》に比べて、なんだかちぐはぐね」

焔良の邸の薔薇《ばら》園は西欧風だが、馬車で抜けてきた鹿鳴館の前庭は日本風に感じた。

桜羽の素朴な感想を聞いた焔良が、

「鋭いじゃないか」

と面白そうに笑った。

「屋根の一部はフランス瓦《かわら》だが、桟瓦も使われている。柱はイスラム風だし、敷地内に入るのにくぐった門も、藩が持っていた邸のものだ」

「いろんな国が混ざってしまっているのね」

焔良の解説に納得する。

政府は西洋風にしたかっただろうに、建築家に意図がうまく伝わらなかったのだろうか。

「入るぞ」

焔良が桜羽に手を差し出した。洗練された仕草に一瞬ドキッとしたが、そっと手のひらを重ねる。

焔良にエスコートされながら建物に入ると、目の前に末広がりの形をした大階段が現れた。

二人と同じように正装した紳士淑女で、館内は賑《にぎ》わっている。

「鹿鳴館は二階建てだ。大食堂、談話室、撞球室《どうきゆう》もあるぞ。舞踏室は二階だ」

焔良の説明に頷《うなず》きながら、桜羽は周囲を見回した。

(本当に今夜、闇のオークションが開かれるの？　どこで……？)

「どうした？　緊張しているのか？」

「いいえ、大丈夫。行きましょう」

背筋を伸ばして焔良を見上げる。彼に導かれ、桜羽は優雅に階段を上っていった。

舞踏室では、大勢の人々が楽しそうに過ごしていた。広間の中央では、楽団の生演奏に合わせて紳士淑女が踊っているが、ぎこちなく様になっていない者が多い。

鈴蘭の花のようなシャンデリアが照らし出す空間を見回し、桜羽は思わずつぶやいた。

「綺麗ね。こんな場所には来たことがないわ。私、場違いよね……」

「そんなことはない」

焔良がすかさず否定する。

「俺にとっては、お前が、今夜この場所にいる誰よりも美しい」

「また、私を馬鹿にして……！」

いつものようにからかっているのだと思い、憤慨しながら振り向くと、焔良は眩《まぶ》しそうに目を細め、桜羽を見つめていた。甘ささえ感じられるような彼の瞳にどぎまぎし、どんな顔をしていいのかわからなくなる。

「……そんなことはないわ。他にも美しい令嬢はたくさんこの場に来ているわ」

桜羽は俯《うつむ》きがちに小さな声で返した後、気持ちを切り替え、今夜の作戦を確認した。

「それで、私は何をしたらいいの？　パートナーとして、あなたのそばについていればいい？」

「……少々まずい状況だ。お前を連れてさりげなく華族連中に接触し、オークションについて情報を集めるつもりだったんだが、この場には思っていたよりも、俺の顔を知る者が多く来ている」

焔良は囁《ささや》きながら、素早く舞踏室内に視線を走らせた。

「一介の劇場主が外務大臣主催の夜会に紛れ込んで何をしているんだと聞かれても面倒だ」

「あなた、華族に知り合いがいるの？」

小声で聞き返すと、焔良は軽く唇の端を上げた。

「華劇座には上流階級層の客も多い。よく来る人物の顔は覚えているし、特に身分の高い者には劇場主として挨拶《あいさつ》をすることもある。それに……本業の客もいるようだ」

（焔良の本業のお客様ってことは、焔良から借金をしている人ってことよね。そういえば、公家《くげ》華族の中には困窮しているお家《うち》もあるのだと聞いたことがあるわ）

この場にいる人々は皆、きらびやかな格好をしているのに、そのうちの何人かは張りぼてなのかもしれないと思うと、呆《あき》れつつも気の毒な気持ちになる。

「別行動をとろう。俺は館内を調べる。お前は華族連中に話を聞いてみてくれ。本当はお前を一人にしたくはないんだが……」

焔良は心配そうに表情を曇らせ、桜羽の頬に触れた。

「危ないと思ったら逃げてくれ」

「ええ、わかったわ」

「半刻後《はんとき》に一階のホールで落ち合おう」

頬から手を離した焔良に、桜羽は頷いてみせた。

舞踏室を出ていく焔良を見送った後、桜羽は「さて」と気合いを入れた。

（どなたから話しかけてみようかしら）

きょろきょろしていると、

「お嬢さん」

突然背後から声をかけられて、飛び上がりそうになった。

振り向くと、一人の男性がにこやかに桜羽を見つめていた。歳は四十手前ぐらいだろうか。黒鳶色《くろとびいろ》の髪は丁寧に整えられ、燕尾服を纏《まと》った体は均整が取れている。理知的な顔立ちだが、笑顔が爽《さわ》やかなので、神経質さは感じられない。

（素敵な方。どちらかのお家の御曹司……とか？）

どこの誰だろうと考えていたら、男性が先に名乗った。

「いきなり失礼しました。僕は葦原幸史《あしはらゆきふみ》といいます。お美しい方が一人でいらっしゃったので、ついお声をかけてしまいました」

葦原の賛辞をお世辞だと思い、桜羽は内心で苦笑したが、これはいい機会かもしれないと、彼に話を合わせることにした。

「知人が来ているからと、連れが談話室に行ってしまったのです」

葦原は「そうなのですね」と相づちを打った後、

「このように魅力的な方を一人にするなんて、不用心なお連れ様だ。こうして、悪い男が声をかけるかもしれないのに」

と、茶目っ気のある笑みを浮かべた。

「悪い方だなんて」

葦原の言いように、思わず笑みが漏れた。優しそうな雰囲気なので、とても「悪い男」には見えない。

葦原は桜羽の笑顔に気をよくしたのか、冗談ぽく続けた。

「僕は悪い男ですので、パートナーがいないうちに、あなたをダンスに誘ってしまいましょう。よろしければ、僕と一曲踊っていただけませんか？」

手を差し出され、桜羽は迷った。

（焔良以外と踊ったことがないのだけど、大丈夫かしら……。でも、こういう時のために練習したのだもの）

意を決すると、「喜んで」と彼の手を取った。

葦原が広間の中央へ桜羽を誘う。適当な位置に立つと、葦原が桜羽の背中に片腕を回した。桜羽も彼の肩に軽く手を添える。ワルツの音色に合わせて二人は足を踏み出した。

葦原に導かれてステップを踏む。ダンス練習の最終日に、焔良に「合格だな」と言われたこともあり、桜羽のステップに危なっかしさはない。それに葦原のリードも巧みだ。

（踊りやすいわ）

優雅に舞う二人に、会場の視線が集まり始める。「素敵」「どちらのご令嬢なのかしら」という囁き声が聞こえた。

「ふふ、僕たち、目立っていますね」

「恥ずかしいですわ……」

葦原に合わせた答えだったのだが、半分は本音だ。

「葦原様、聞いてもよろしいでしょうか？」

桜羽は踊りながら葦原に尋ねた。

「なんでしょうか？」

「今夜、この夜会で特別な催しが開かれると小耳に挟んだのですが、ご存じですか？」

くるりと回った後、思い切ってそう尋ねると、葦原が不思議そうな顔をした。

「どちらでそのような話をお聞きになったのですか？」

「ええと、それは……」

聞き返されることを想定していなかったので、桜羽は言い淀《よど》んだ。

「特別な催しがあるのならば、僕も招待されてみたいものです。きっと僕よりも上流階級の方が誘われていらっしゃるのでしょうね」

桜羽が悩んでいる間に、葦原は一人で納得し、残念そうな表情を浮かべる。

ワルツが終わり、二人はゆっくりと足を止めた。お互いにお辞儀をする。

桜羽はふと興味を引かれ、葦原に尋ねた。

「失礼ですが、葦原様はどのようなご身分でいらっしゃるのですか?」

桜羽に質問され、葦原の瞳《ひとみ》が蠱惑《こわく》的に光る。彼は悪戯《いたずら》っぽく微笑んだ後、ゆっくりと唇に指を当てた。

「……秘密です」

期待外れの回答に目を瞬かせた桜羽を見て、葦原が「ふふっ」と軽く声を上げて笑う。

「少しぐらいミステリアスなほうが、あなたの記憶に残りそうです」

葦原は胸に手を当て優雅にお辞儀をすると、丁寧にお礼を言った。

「楽しい時間を過ごさせていただき、光栄でした。またお会いしましょう。桜羽嬢」

颯爽《さっそう》と去っていく葦原の背中を見送っていた桜羽は、しばらく経ってから気が付いた。

「私、あの方に名前を教えたかしら……?」

広場の中央から離れて壁際へと移動すると、数人の貴婦人と目が合った。今度は彼女たちと話してみようと近付いていき、「こんばんは」と声をかける。

貴婦人たちは桜羽を値踏みするように全身を見回した後、口々に「こんばんは」と挨拶を返した。

「あなた、先ほど葦原様と踊っていらした方ね」

一人の貴婦人が興味津々という顔で桜羽に尋ねる。

「はい」

「葦原様の奥様はご体調を崩されていて、今夜の夜会は欠席しておられますの。よかったですわね」

二人目の貴婦人が親切めいた口調でそう言ったが、桜羽は意味がわからずきょとんとした。奥方の体調不良は、よいことではないと思うのだが。

戸惑っている桜羽に、三人目の貴婦人が密《ひそ》やかな声で耳打ちする。

「悋気《りんき》の強い方だから、ご主人が他の女性と踊っている姿をご覧になったら、気を悪くされたでしょう。浅はかな行動は、お気を付けあそばせ」

(ああ、そういうこと……。ダンスに誘ってきたのはあちらだけれど、知っていたら断ったわ)

桜羽は彼女たちに微笑み返し、「教えていただき、ありがとうございます」とお礼を言っておいた。

一人目の貴婦人が他の二人の貴婦人を押しのけるようにして前に出ると、桜羽のほうへ身を乗り出した。

「それで、葦原様とのダンスはいかがでしたか？　あのように素敵な方なのですもの。独身でいらっしゃったら一緒に踊りたいと思っているご婦人は多いのですわ」

桜羽の間近で両手を組んで夢見るように話す貴婦人にたじろぎながら、桜羽は、

「リードがお上手で、とても楽しく踊れました」

と、そつなく答えた。貴婦人が「まああ」と頬に手を当てる。

「羨《うらや》ましいわ！」

どうやら彼女は葦原に好意を持っているようだ。——といっても、おそらく彼女も人妻なのだろうが。

「あの……葦原様はどういった方なのですか？」

先ほど「秘密」とはぐらかされてしまったので、この機会に聞いてみようと貴婦人たちの顔を見回すと、彼女たちは「知らないの？」と言うように目を丸くした。

「警視庁の警視でいらっしゃるそうですよ。警察署の署長を務めておられるのだとか」

「奥様は、大庭《おおば》内務卿《きょう》の遠縁のお嬢様なんですの」

「すごいですわよねえ」

三人の貴婦人が口々に教えてくれる。

（警視ですって？）

葦原が、まさか、陰陽寮《おんみょう》と天敵の関係にある警視庁の幹部だったとは。

驚いていると、貴婦人の一人が「ほらあそこ」と舞踏室の一角を指さした。

「外国の方と喋《しゃべ》っておられる髭《ひげ》の紳士が十和田外務大臣。隣にいらっしゃるのが奥方の桐子《きりこ》様。外国の方は……ええと」

誰だったか咄嗟《とっさ》に思い出せなかったのか悩んでいる貴婦人の代わりに別の貴婦人が、

「英国のレイモン・ヒル公使様ですわ」

と教えてくれた。

(今夜の夜会は、あの方をもてなすためのものなのね)

欧化政策の一環である鹿鳴館。驕奢《きょうしゃ》な鹿鳴館外交は市井の人々からは批判を受けている。

「あの……今夜は公使様のために、特別な催しが開かれると聞いたのですが、皆様はご存じですか?」

公使の話題が出たので、その流れを受けてさりげなく聞いてみると、貴婦人たちは顔を見合わせ、扇で口元を隠し、思わせぶりに笑った。

「あなたはご招待を受けていらっしゃらないの? とても楽しい催しですのよ」

「参加できないなんてお気の毒」

「あらお二人とも、あの催しは秘密なのですから、ご招待を受けていない方に話してはいけませんわ」

桜羽をちらちらと見ながら楽しそうに笑う彼女たちから、もう少し情報を引き出せないかと粘ってみる。

「そのように楽しい催しでしたら、私も参加したいですわ」

「招待状がないのでしょう? 今夜は無理よ」

すげない返事に、桜羽は、これ以上は彼女たちと話していても無駄だと思い、見切りをつけることにした。

(誰に聞けば、確実な情報を得られる？)

思い切って十和田外務大臣に話しかけてみようかと考えたが、どのように自分のことを説明すればいいのか迷う。

(『陰陽師です。ここで闇のオークションが行われると聞いてやって来ました』って言うわけにもいかないし……)

十和田とヒルの会話は盛り上がっているようだ。外務大臣と公使の間に割り込む勇気はなく、うまい言い回しも思いつかない。桜羽がまごまごしているうちに、十和田夫妻とヒル公使、公使のお付きの外国人たちは、揃って舞踏室を出ていってしまった。

機会を逃してしまい、桜羽は溜《た》め息をついた。

(仕方がない。他の方に探りを入れてみましょう)

桜羽はその後も数人の華族に話しかけ、「秘密の催し」について情報を聞き出そうとしたが、知らないという者が多く、うまくいかなかった。

ふと気が付けば、かなり時間が経っていた。もしかすると、焔良は一階のホールに戻っているかもしれない。様子を見に行こうと舞踏室を出る。

(彼のほうで、何かわかっているといいのだけれど)

ドレスの裾《すそ》を揺らし、大階段を下りる。階下に焔良の姿はなかった。まだどこかを調査しているのだろうか。

(手がかりが摑《つか》めたのかも……)

期待をしながら、その場で待っていた桜羽は、視界の端に、見慣れた白い制服を着た人物が横切っていった気がして振り向いた。

(陰陽寮の制服……?)

どうしてこんなところに陰陽師が来ているのだろう。万が一あやかしが現れた時のために、鹿鳴館の警備に呼ばれたのだろうか。

ふと「同僚に声をかけ、この身を保護してもらおうか」という考えが脳裏を過《よぎ》った。今、焔良はいない。同僚に「鬼に捕まっている」と説明したら、逃げられるのではないだろうか。

絶好の機会に、桜羽の心が揺れる。

(でも……今夜、本当に闇のオークションが行われるのなら、鬼の子たちが心配……)

桜羽はぎゅっと目を瞑《つぶ》ると、自分に言い聞かせた。

(鬼の事情なんて知らない。鬼は討伐対象よ。だけど……鬼とはいえ、つらい目に遭っている子供を放っておくなんて……)

どうしようかと悩んだ末、桜羽は一旦《いったん》、ここに来ている陰陽師が誰なのか確認することにした。

(末廣さんや毒島さんだったら、下手に話しかけると、色々と突っ込まれるかもしれない。私がなぜここに来ているのか、落ち着いて説明できる相手じゃないと……。斎木君だったらいいのだけど。彼なら、事情を話せばわかってくれそう。鬼の子を助ける協力

もしてくれるかもしれない）

　きっと自分は、もう鬼の一族やあやかしを殺せない。焔良や心花の優しさを知ってしまったから……。

「追いかけよう！」

　桜羽はドレスの裾をたくし上げると、白い制服が消えた方向へ駆けた。

　紳士たちが雑談に興じている談話室を通り過ぎ、廊下の角を曲がると、突き当たりに扉があった。細く開いている。ここへ入っていったのだろうか。

　扉に近付き、取っ手に手をかける。そっと開けて室内を覗《のぞ》きこむ。

（誰も……いない）

　それほど広くはない部屋だ。壁には西欧の絵画が飾られている。

　四方に座面がある花弁状のソファーも置かれており、そこに座れば、周囲の美術品をゆっくりと鑑賞することができるだろう。

（ここは美術室？）

　桜羽の目を引いたのは、壁際の書棚だった。真ん中にぽっかりとした空間がある。

　近付いてみると、書棚の一部分が扉のように開いており、奥には階下へと続く階段があった。

（この階段、まるで隠してあったみたい。それに、鹿鳴館って二階建てではなかったの？　どこへ繋《つな》がっているのかしら……）

階下からざわめき声が聞こえてくる。

（人がいる？　もしかして……）

胸騒ぎを覚え、桜羽は階に足を乗せた。一歩一歩、注意深く下りていく。

地下には部屋があり、ガス灯に照らされた室内に紳士淑女が集まっていた。ざっと見て二十人ほどいるだろうか。華劇座の客席のように馬蹄《ばてい》形状に並べられた椅子に座って、一方向を見つめている。

階段の途中で足を止め、様子を窺《うかが》った桜羽は息を呑《の》んだ。

紳士淑女の視線の先に舞台があり、体格のいい男が鎖を握って立っていた。鎖の先には、三歳ぐらいの男の子と、七歳ぐらいの女の子、十歳ぐらいの女の子と、十二歳ぐらいの少年の姿がある。男の持つ鎖は、彼らの首にはめられた鉄の輪に繋がっていた。

（なんてことを！）

あまりにもひどい光景に、桜羽の体がカッと熱くなった。

愛らしい容姿の子供たちは、寄り添い合い、泣きだしそうな顔をしている。

（これが、鬼の子が売買されているというオークション……！）

「艶《つや》やかな黒髪に桃色の頬が可愛らしい、こちらの少女。歳は七歳ほどです。主人になりたいという方は、ぜひご参加ください。まずは伍拾円《ごじゅうえん》から」

朗々とした声が響く。中央に立つ男性を見て、桜羽はさらに目を見開いた。

（葦原様！）

つい半刻《はんとき》ほど前、共にダンスを踊った紳士が、オークションの司会進行役を務めていた。

「壱百円」

「壱百伍拾円」

この場に集まる紳士淑女が次々と手を上げ、金額を口にする。幼い女の子の値段がどんどんつり上がっていく。

誰も金額を上げなくなると、葦原が告げた。

「では、弐百伍拾円で落札です」

わあっと喚声が上がる。

(今、あの子が競り落とされたということ……?)

恐怖のためか、女の子は、一番年長の少年にしがみついて泣いていた。

(あそこにいるのは、十和田夫妻だわ)

最前列に見覚えのある顔を見つけ、桜羽はまなざしを鋭くした。十和田外務大臣は闇のオークションに関わっていたのだ。横を向いて、隣の外国人と話している。

(ヒル公使まで！　なんとかして子供たちを助けないと)

オークションが終わった後、子供たちは落札者に引き渡されるはずだ。隙を見て助けだそうと考えていたら、次の競り売りが始まった。

「では、次の商品に移りましょう。君、皆さんによく顔を見せて」

葦原が十歳ぐらいの女の子を振り向く。そばにいた体格のいい男が、女の子の顎《あご》を摑もうとしたが、女の子は嫌がって顔を背けた。男が鎖を引っ張り、女の子がその場に倒れる。

（ひどい！　あのままでは怪我をさせられてしまうわ！）

桜羽はいてもたってもいられなくなり、

「待って！」

と声を上げた。

ドレスの裾を摑んで人々の間を縫い、前へ走り出る。

「あなた方、自分たちが何をしているのかわかっているのですか！」

桜羽はこの場にいる人々に向かって叫んだ。突然現れた令嬢の言動に、集まっていた紳士淑女がひそひそと囁《ささや》き合いながら、好奇や抗議のまなざしを向ける。

葦原が桜羽に歩み寄ってきて、

「またお会いしましたね、お嬢さん」

と親しげに声をかけた。桜羽は彼を睨《にら》み付け、

「このような人道に反したことは、今すぐやめてください」

と詰め寄った。

桜羽の剣幕に葦原は軽く肩を竦《すく》めた。

「あなたはこの催しに招待されていないはずですよ。この場にふさわしくないゲストで

すね」

彼がぱちんと指を鳴らすと、客席の隅に控えていたのか、もう一人、屈強な男が現れて、桜羽の腕を摑んだ。抵抗しようとしたが、女の力でかなうはずもない。あっという間に背中側に捻《ひね》り上げられ、その場に膝《ひざ》をついた。

「離しなさい！」

圧倒的不利な状況の中、毅然《きぜん》とした態度を崩さない桜羽を見て、葦原が微笑んだ。

「あなたの勇ましい姿にはそそられますね」

その時、間近から、

「壱千円」

と声が上がった。会場内がどよめき、人々の視線が最前列に座っている中年の紳士に注がれる。

葦原は呆気《あっけ》にとられたように目を丸くしている。

口元に笑みを浮かべながら桜羽を見つめている紳士の舐《な》めるような視線に、桜羽の背中がぞわりと粟立《あわだ》った。

「こちらの娘は、今夜の商品では――」

葦原が説明をしようとした時、客席から誰かが立ち上がった。

「その娘を放せ！」

「熠良！」

現れた焔良を見て、桜羽は安堵《あんど》で泣きたいような気持ちになった。

焔良が腕を前に突き出す。開いた手のひらに生じた炎の玉を、桜羽を捕らえる男に向かって放つ。

桜羽は咄嗟《とっさ》に頭を下げた。炎は男の顔に当たり、彼は野太い声で悲鳴を上げた。男は桜羽を離し、髪に燃え移った炎を消そうと床の上を転がり回った。

焔良の炎が葦原にも飛んでくる。葦原は素早い動きでそれを避《よ》けると、焔良に向かって不敵な笑みを浮かべた。

突然の出来事に驚いた人々が、キャアキャアと叫びながら立ち上がる。我先にと地下室から逃げだそうとして、いくつかのガス灯を倒した。

桜羽はドレスの裾《すそ》をたくし上げると、子供たちを捕らえている男の脛《すね》を、踵《かかと》の高い靴で思い切り蹴《け》りつけた。男はよろめいたが、すぐに体勢を立て直し、桜羽に手を伸ばす。

桜羽が摑《つか》まれるよりも早く、助けに来た焔良が男を殴り飛ばした。

「桜羽、大丈夫か！」

「私は大丈夫！　それよりも子供たちを！」

子供たちのところへ駆け寄ると、彼らは泣きながら二人に抱きついてきた。

「騎士のお出ましですか」

葦原のふてぶてしい声が聞こえた。彼は口元に笑みを浮かべながら、桜羽を見つめている。そして胸に片手を当て、優雅に一礼した。

「今宵《こよい》はここで失礼致しましょう。またあなたとお会いできますように。桜羽嬢」

葦原は桜羽に背を向けると、紳士淑女たちが逃げだした階段を、足早に上っていった。その後を、屈強な男性たちが追いかける。

「あいつ……！」

葦原に憎々しげな瞳《ひとみ》を向けた焔良の腕を、桜羽は摑んで引き留めた。

「今は、子供たちを助けるのが先！」

「ああ、そうだな。お前たち、もう大丈夫だからな」

焔良が子供たち一人一人の顔を見て、安心させるように頭を撫《な》でる。

熱気を感じ振り向くと、いつの間にか周囲は火の海へと変わりつつあった。

「あまり大丈夫じゃないわよ。倒れたガス灯から火が点《つ》いたみたい。あなた、炎を操れるのでしょう？　消せないの？」

「炎を生じさせることはできるんだが、消すのは無理だ。お前の水の神力で消すことはできないのか？」

「ごめんなさい。呪《まじな》い札がないと、術を使うことができないのよ……。一刻も早くここから逃げましょう！」

焔良が一番小さな男の子を抱き上げ、桜羽も女の子たちと手を繫《つな》ぐ。

「お前、付いてこられるか？」

焔良に声をかけられた年長の少年は、真剣な表情で頷《うなず》いた。

「うん」

「急ぐぞ」

椅子の間を走り、階段へと向かう。顔に火の粉が飛んできたが、桜羽は女の子たちの手を離さなかった。頬にちりっとした痛みを感じた。ここを出たら、やけどだらけになっているかもしれない。

焔良が少年を先に行かせ、桜羽と女の子たちも後に続く。

熱気に煽《あお》られながら、炎を避けて階段を上り、本棚をくぐろうとした六人は愕然《がくぜん》として足を止めた。本棚が燃えて炎の壁を作っている。

(本に火が点いたのね)

紙など簡単に燃えてしまう。

(まずいわ。この子たちだけでも助けないと!)

女の子たちは不安で半泣きになりながら、桜羽の手を握りしめている。

(今、ここに呪い札があれば!)

鹿鳴館へ乗り込むにあたり、短冊と筆を借りて呪い札を描き、念のために携帯しておくつもりだったのだが、焔良に「ドレスにベルトを巻くのか?」と言われて断念したことを後悔する。

立ち止まっている間に、背後からも炎が迫ってくる。煙を吸い、涙目になりながら咳《せ》き込んでいる子供たちを見て、桜羽の胸に焦りが生まれる。

（何か、方法はないの？）

危機的状況の中、桜羽の脳裏に、月影家に伝わる文献に記されていた一文が思い浮かんだ。

『月影氏流の開祖は強力な神力を持っており、呪い札を介さなくとも、木火土金水《もくかどごんすい》、どんな力も自在に操ることができた』

桜羽は一時期、いつまで経っても術が上達しないことを悩み、月影邸の蔵から秘伝の書を持ち出して、自己練習を行っていた。その時の文献によると、開祖は、傷を癒《い》やす力や、記憶を操作する力など、普通の陰陽師《おんみようじ》には持ち得ない特別な能力も持っていたという。

（私だって月影家の血を引いている。やってやれないことはないはずよ！）

桜羽は自分を奮い立たせた。本音では弱い自分に開祖のような力はないと思っている。秘伝の書を使って練習をしていた時、水の能力はほんの少しだけ上達したものの、木火土金の術は身につかなかったし、癒やしの術など、当然使えなかった。

（でも、やるの！　気合い入れるのよ、桜羽！）

自分で自分を鼓舞する。

一旦《いったん》女の子たちの手を離し、胸の前で両手を組んで目を閉じる。秘伝の書には結果を想像する力が大切だと書いてあった。水を集め、雨を降らす。その状況を思い描く。

桜羽は祈る気持ちで、呪いの言葉を口にした。

「北方より生じたる水気《すいき》よ、玄武の力で雨を降らせて！」

桜羽の祈りに呼応したかのように、頭上にふつふつと水の粒が浮かんだ。粒が集まり、水の玉へと姿を変えると、みるみる膨らみ一気に弾《はじ》けた。

(本当にできた！)

初めて成功した大きな術に、驚くと同時に、感動で体が熱くなる。

水滴が雨のように降り注ぎ、炎の勢いを収めていく。もうもうと水蒸気が上がり、本棚の炎が弱まる。焔良は一瞬呆気にとられた表情を浮かべたが、すぐにふっと目を細めた。

「さすが、桜羽だな。あの二人の血を継いでいるだけはある」

焔良のつぶやきは、「早く避難しなければ」と焦っている桜羽の耳には届かなかった。

「さあ、行きましょう！　焔良も急いで！」

桜羽は女の子の手を繋ぎ直し、本棚をくぐった。美術室には誰もいない。開け放たれていた扉から廊下に出て、焔良と肩を並べて走りだす。

鹿鳴館は大混乱に陥っていた。火事が起こったと気付いた人々が、我先にと、正面玄関から逃げだそうとしている。

玄関には回れないと判断し、焔良が手近な窓を開けた。ベランダから外に飛び降りる。子供たちと桜羽もその後に続き、急いで鹿鳴館の敷地から出ると、朱士が馬車のそばで待っていた。子供たちから先に中に入れ、桜羽と焔良も乗り込む。

ようやく安全な場所に避難でき、皆、ほっと胸をなで下ろした。

焔良の邸《やしき》へ到着すると、帰りを待っていた心花が飛び出してきて、疲れている子供たちの世話をするために連れていった。

焔良の邸にいれば、彼らが危険な目に遭うことはないだろう。

（よかった……）

心からほっとした途端、全身から力が抜けて立っていられなくなった。それに気付いた焔良が咄嗟《とっさ》に腕を伸ばし、傾いだ桜羽の体を抱き留める。

「大丈夫か、桜羽」

「……ええ」

頷きつつも、体がだるくて動けない。ドレスが重くてたまらない。

「……脱ぎたい……」

無意識に漏らした言葉が聞こえたのか、焔良は目を丸くしたが、桜羽を抱き上げ、階段を上っていった。

（ああ、また私、焔良に抱かれてる）

「勝手に触らないで」と思ったが、抗議をする気力も残っていない。

されるがままに焔良の部屋に連れていかれ、寝台の上に寝かされた。

焔良が背中に触れる。ひとつひとつドレスの釦《ボタン》を外していく焔良の指の感触をくすぐったく感じながら、桜羽はいつの間にか意識を手放していた。

＊

『あっ！』

茶屋の外で遊んでいた桜羽は、両親を訪ねてきた父子《おやこ》の姿を見つけ、弾んだ声を上げた。

四十絡みの父親は筋肉質な体型の美丈夫で、その息子である十六歳の少年も整った顔立ちをしていた。

少年は父のそばから離れ、桜羽に駆け寄ってくると、脇に手を差し込み、ひょいと抱え上げた。桜羽の体を腕に乗せて尋ねる。

『元気だったか？』

『うんっ』

明るく答えて、桜羽は少年の首に抱きついた。

両親と人里離れた山の中で暮らしている桜羽には、友達のような者はいない。時折、父親と一緒に様子を見に来てくれる少年だけが、兄とも友達ともいえる相手だった。

『今日は泊まっていってくれるの？』

『そのつもりだ』

『やったぁ！　いっぱい遊んでね』

『ああ。何がしたい？』

『ええとね、またお花の冠作ってほしい！』

『いいぞ』

桜羽より八歳年上の彼は指先が器用で、野の花の冠を作るのが上手だ。

『いらっしゃいませ』

『玖狼《くろう》。久しぶりですね』

茶屋から顔を出した両親が、少年の父に向かって挨拶《あいさつ》をする。

『久しいな。瑞樹《みずき》。朔耶《さくや》殿。元気そうでなにより。不自由はしていないか？』

『いつも気にかけてくださり、ありがとうございます』

桜羽の母が、少年の父に微笑みかける。髪は無造作に首元で括《くく》り、質素な綿の着物を着ていても、桜羽の母は、誰もが目を惹《ひ》かれるような美貌《びぼう》の主だった。

『不便なことがあれば、なんでも言ってくれ。必要な物があれば持ってくる』

『そのように気を遣ってくれずともよいですよ』

桜羽の父は、少年の父が持ってきた食材を受け取りながら、微苦笑を浮かべた。

『遠慮をするな。お前は俺の右腕でもあった男だ。これでも、お前がいなくなって寂しく思っているのだぞ』

豪快に笑う少年の父と、照れくさそうな顔をしている夫を見て、桜羽の母も鈴を振るような声で笑っていたが、その表情がふと曇った。

『ん？　どうした朔耶殿。何か心配事でもあるのか？』

『ああ、いえ……』

口ごもった妻にいたわるようなまなざしを向けた後、桜羽の父が少年の父に視線を戻す。

『玖狼。相談があります。——先日、お山に登ってきた修験僧が教えてくれたのですが、近くの村で、私たちのことを聞いて回っていた人物がいたそうです』

『何？　陰陽師か？』

『わかりません。万が一、私たちに何かあった時は、桜羽を頼めますか？』

少年の父は、桜羽の父の話を聞き、すっと目を細めた。

『その話、気にかけておこう。桜羽には息子がついている。——心しておけ。いいな』

父に命じられ、少年が頷《うなず》く。

皆がなんの話をしているのかよくわからなかったが、不安そうな母を見て、桜羽の胸がきゅっとなった。

『お母さん……？』

少年の腕の中から母のほうへ手を伸ばすと、桜羽の母は『大丈夫』と微笑んで、桜羽の手を握った。

『あなたは心配しなくていいの。ほら、遊んでいらっしゃい』

『一本桜に行ってきてもいい？』

『ええ、いいわよ』

母の許可を得て、気を取り直した桜羽は手を離すと、少年の首に抱きついた。

『行ってきまーす！』

『気を付けてね！』

『暗くなる前に帰ってくるんだよ』

桜羽を見送る母と父は、優しい微笑みを浮かべていた。

＊

「お母さん……お父さん……」

桜羽は両親を呼びながら目を覚ました。夢を見ていたようだ。懐かしくて、なぜだかとても胸が切ない。

（あれが、お父さん？）

初めて夢に現れた男性。藍色《あいいろ》の髪に、深い青色の瞳《ひとみ》をしていた。顔立ちは柔和で、優しそうだった。

父らしき鬼は、母と仲睦《なかむつ》まじく笑っていた。母は鬼に攫《さら》われ、無理矢理、妻にさせられたのではなかっただろうか？

桜羽を抱き上げてくれた少年は、焔良だったような気がする。焔良らしき少年の父は、今の焔良と同じような赤い髪をしていた。

（もしかして、あの人は先代の鬼の頭領？　山奥に暮らす私たち家族を、気にかけてくれているみたいだった）

母を殺したのは焔良だ。

けれど、夢の中の焔良は、そんなことをするようには、とても見えない。

（焔良と一緒に暮らして、焔良のことを知ったから……私、焔良がお母さんを殺した鬼だって思いたくないんだわ。だから、あんなふうに幸せな夢を見たのかしら。深層心理が映し出した、私の願望……？）

ぼんやりと天井を見上げ、考え込んでいると、

「起きたか」

突然、ひょいと顔を覗《のぞ》きこまれた。

赤い瞳が悪戯《いたずら》っぽい光を湛《たた》えて、楽しそうに桜羽を見つめている。

「えっ、あっ、ほ、焔良？」

慌てて身を起こし、今度は自分の姿に仰天した。

「な、な、な……」

溺《おぼ》れた魚のように口をぱくぱくと開け、自分の体を抱きしめる。なぜか、シュミーズとズロースだけしか身につけていない。布団を引き寄せ、桜羽は急いで下着姿を隠した。

「焔良！　私に何をしたの！」

まさか眠っている間に悪戯をしたのかと、怒りと軽蔑《けいべつ》のまなざしを向けると、焔良は肩を竦《すく》めて「心外だな」とつぶやいた。

「お前が脱がせてほしいって言ったんだろう」

「はっ？」

昨夜、鹿鳴館の夜会へ行って、子供たちをオークションから助け出し、焔良の邸《やしき》へ戻ってきたことを思い出す。けれど、その後の記憶がない。今、ドレスを着ていないということは、焔良が脱がせたのだろう。はたして自分は彼の言う通り「脱がせて」なんて言ったのだろうか。

頭を抱えて唸《うな》っていると、焔良が心配そうに問いかけた。

「体の具合はどうだ？　疲れていないか？　お前が眠っている間に薬は塗ったが、やけどは痛くないか？」

桜羽は自分の体に意識を戻した。頰や手があちこちピリピリと痛むが、昨夜の疲れはそれほど残ってはいない。

「大丈夫」

「ならよかった」

焔良はほっとしたように微笑むと、少し首を傾けて、桜羽の顔を覗きこんだ。

「桜羽、昨夜はありがとう。お前の協力のおかげで、子供たちを助けることができた。少し痩《や》せてはいたが、子供たちに大きな怪我はなかった。心花が作った夜食も、よく食べていたようだ」

あらためて感謝の言葉をもらうと気恥ずかしいが、子供たちが無事だったと聞いて、心から安堵《あんど》した。

「子供たちの親を呼んでいるから、すぐに迎えに来るだろう」

そう言うと、焔良は寝台から降りた。

「部屋に行って着替えてこい。朝餉《あさげ》にしよう」

浴衣《ゆかた》を脱ぎ始めた焔良から、桜羽は頬を赤らめて視線を逸《そ》らした。手早く着物に着替え終え、焔良が不思議そうに桜羽を振り返る。

「自分の部屋に戻らないのか？」

「〜〜〜っ」

鈍感な焔良に桜羽は枕を投げつけた。

「あなたがいたら、布団から出られないのよっ」

顔に直撃する前に枕を受け止めた焔良は、納得したように笑った。

「下着姿だからか。俺はかまわないのに」

「私はかまうのよ！」

桜羽が嚙《か》みつくと、焔良は朗らかな笑い声を上げながら部屋を出ていった。

昨夜の騒動が夢だったかのように、普段通りの穏やかな朝食の席で、桜羽は難しい顔で考え込んでいた。

「どうした？　今朝の献立は口に合わなかったか？」

桜羽の様子に気付き、焔良が尋ねる。桜羽は我に返ると、

「そんなことはないわ。おいしいわ」

と答えた。

（子供たちが戻ったから、私たちの協力関係は終わったのだわ）

桜羽が役目を終えれば、陰陽寮《おんみょうりょう》に帰してくれる約束になっていた。ここのことも、華劇座のことも、好きに報告すればいいと言われていたはずだ。

「……焔良」

桜羽はあらたまった口調で焔良の名を呼んだ。

「あの……約束のことだけれど」

「ん？」

先に食事を終え、お茶を飲んでいた焔良がこちらを向く。穏やかな瞳で見つめられ、桜羽はその先の言葉を言えなくなった。

「……いいえ、なんでもないわ。子供たちも朝餉を食べたの？」

大きな怪我はなかったといっても、きっと心も体も疲れているだろう。心配する桜羽に向かって、焔良は「俺たちよりも先に食べている」と答えた。

「心花が世話をしている。俺も様子を見ているし、大丈夫だ」

「よかった……」

食事が終わり、心花に連れられて部屋に戻る途中、朱士と出会った。

普段は焔良の出勤に合わせて迎えに来る朱士が、どうしてこの時間に邸にいるのだろうと首を傾げたら、桜羽の疑問に気付いたのか、朱士が先に説明をした。

「昨夜は念のため、こちらに泊まらせていただきました。焔良様も疲れておられましたし……桜羽様も怪我をされていたので」

朱士の口から自分の名前が出てきて、桜羽は目を瞬かせた。

「私？」

「……やけどは大丈夫ですか？」

朱士の気遣いに驚いた桜羽を見て、朱士がややムッとした表情を浮かべる。

「私だとて、婦人が怪我をしているのを見ると、心が痛みます」

「朱士さん……」

素っ気なくも優しい言葉に、桜羽の胸が温かくなる。

ふわりと微笑むと、朱士も表情を和らげた。桜羽に向かって丁寧に頭を下げる。

「ありがとう」

「子供たちを助けてくれたこと、感謝します。あとで塗り薬をお持ちしますので、お使いください」

そう言うと、朱士は桜羽の横を通り過ぎていった。

二階へ戻った桜羽は、部屋に入ると、窓際の椅子に腰を下ろした。

心花が一礼して部屋を出ていく。きっとまた扉に鍵《かぎ》をかけていったに違いない。再び軟禁生活が始まるのだ。

打ち付けられた窓の隙間から外に目を向ける。庭の薔薇《ばら》につぼみがついているのが遠目に見えた。

（もう少ししたら花が咲くのかしら）

心花が以前、この邸の庭には様々な品種の薔薇が植えられていて、満開の時季になるととても綺麗《きれい》なのだと話していたことを思い出す。

はたして自分は、その時もまだ、この邸に滞在しているのだろうか。

（ううん。それは駄目。私は陰陽寮に帰るのよ）

焔良との約束は果たしたのだ。彼と交渉して、ここから出してもらおう。

そう思うのに、ここを去る日のことを想像すると、なぜか寂しくてたまらない。

ふと、このまま焔良の籠《かご》の中にいてもいいような気がして、桜羽はそんなふうに感じた自分の心に驚いた。

冬真の顔が脳裏を過《よぎ》る。ここまで桜羽を育ててくれたのは彼だ。真意があまり見えない養い親だが、桜羽のことを心配してくれているのならば、このまま行方不明でいてはいけない。それにまだ、恩も返しきれていない。

（鬼とあやかしを狩る以外の方法で、冬真様に何を返せるか模索しないと……ああ、でも……）

焔良のそばにいて、もう少し鬼の行く末を確かめたいという思いと、冬真のもとに帰らなければという思いで葛藤《かっとう》する。自分が本当は何を望んでいるのかわからない。けれど、答えは一つしかないはずだ。ここにいれば軟禁生活が続くだけ。桜羽は陰陽寮に帰るべきだ。

（やっぱり、焔良と話をして帰らせてもらおう）

迷いを振り払おうとふるふると首を振った時、人の気配を感じた。はっとして振り返ると、部屋の扉が薄く開いている。

（心花が鍵をかけ忘れたのかしら）

不思議に思っていたら、扉の陰から、女の子がひょっこりと顔を覗《のぞ》かせた。

「あら？　あなた……」

昨夜、火事から逃げる際、桜羽が手を引いていた七歳ぐらいの女の子だ。

女の子は桜羽と目が合うと、恥ずかしそうに微笑んだ。もじもじしているので、手招きをしてみたら、ちょこちょこと歩いて部屋の中へ入ってきた。

「桜羽さま」

女の子が桜羽を見上げて、にこっと笑う。

「なぜ私の名前を知っているの？」

「焔良さまに教えてもらったの。昨夜は、助けてくれてありがとう！」

女の子はぺこりと頭を下げた。

「焰良から大きな怪我はしていないって聞いているけど……」

桜羽は女の子のそばに近付くと、前屈《かが》みになり、首を見た。きっと、長い間鎖に繋《つな》がれていたのだろう。擦り傷があり、赤くなっている。

「お薬は塗った？」

桜羽が首を見ていることに気付き、女の子が頷《うなず》く。

「焰良さまが塗ってくれた！『よく効く薬だから、すぐに治る』って言ってたよ」

すぐ治ると聞いても、やはり痛々しい。

「桜羽さまも、お顔が赤いよ……？」

女の子は桜羽の顔を見上げて指をさした。やけどのことを言っているのだろう。

「大丈夫よ。私も焰良に薬を塗ってもらったの」

「よかった！」

女の子が、ほっとしたように笑った。

「焰良さまはね、とっても優しいの。わたしのおうちに来てね、困ってることはないかって聞いてくれるの。でもね、桜羽さまも、わたしたちを助けてくれたから好き！」

桜羽を見上げる女の子の瞳《ひとみ》がキラキラと輝いている。憧《あこが》れのまなざしを向けて、胸の前で両手を組んだ。

「わたしね、すごくびっくりしたの！　桜羽さまがお祈りしたら、ぶわぁって雨が降ったから！　桜羽さまはとっても強くて、焔良さまみたい！」

「私が焔良みたい？」

自分には確かに鬼の血が流れている。今までそれを否定して、自分は人なのだと思い込もうとしていたが、彼女から見た桜羽は人ではなく、焔良と同じ鬼なのだと気付き、戸惑った。

女の子は無邪気に「わたしも桜羽さまみたいに強くなりたい」と笑っている。

桜羽は自分の手を見つめた。

桜羽の神力は弱く、あまり強い術は使えない。せいぜい呪い札の力を借りて水の矢を放つぐらいだ。必死だったとはいえ、炎が燃えさかる空間で、あのような大きな水球を生み出せたなど、今でも信じられない。

（昨夜、意識を失ってしまったのは、ありえないことをして体に負担がかかってしまったからなのかしら……）

考え込んでいた桜羽は、女の子の次の言葉を聞いて、思わず大きな声を上げてしまった。

「わたしね、焔良さまのことが大好きだから、焔良さまのお嫁さんになりたかったの」

「えっ！」

女の子の突然の告白にびっくりする。

「でも焔良さまは、大切な人がいるから、咲《さき》をお嫁さんにできないよって言ったの。今はそばにいないけど、ずうっとその人のことを待ってるんだって。もしかして桜羽さまが、焔良さまの大切な人？」

（そういえば前に槻田屋洋装店の夫人も、そんな話をしていたわ）

焔良が結婚を約束した大切な人とは誰なのだろう。今はそばにいないらしいが、いつかその人は焔良のもとへ戻ってきて、結婚するのだろうか。

どんな人なのだろう。鬼の頭領である焔良が待ち続ける鬼の女性なのだから、きっととても美しくて妖術《ようじゅつ》も強い、素晴らしい人なのだろう。

そう考えたら、なぜだか胸がちくんとした。

桜羽は純粋な瞳で自分を見上げる女の子に、優しい声音で否定の言葉を返した。

「焔良が待っているのは私ではないわ」

予想が外れたことが意外だったのか、女の子はきょとんとしている。

「桜羽さまだったら、焔良さまのお嫁さんになってもいいよ？　わたし、怒らないよ？」

しきりに勧める女の子を見て、桜羽は苦笑いを浮かべる。

その時、開いていた扉から、もう一人の女の子が顔を出した。

「咲ちゃん、もうすぐお母さんが迎えに来るって」

「あっ、由子《ゆうこ》ちゃん」

由子と呼ばれた少女は、昨夜、鹿鳴館から逃げる時に焔良が抱き上げていた一番小さな男の子と手を繋いでいる。

男の子は由子の手を離し、おぼつかない足取りで近付いてくると、桜羽の足にぎゅっと抱きついた。その愛らしさに、胸がきゅんとする。

「あなた、お名前は？」

視線を合わせて尋ねると、男の子は、

「なおひろ」

と答えた。

「そうかぁ、なおひろ君かぁ。由子ちゃんはお姉ちゃんなのかしら？」

「うん！」

素直に頷く様子が可愛らしく、桜羽の顔が綻《ほころ》ぶ。

直広《なおひろ》の頭を撫《な》でていたら、いつの間に来ていたのか、焔良が咲を呼ぶ声がした。

「咲、お母さんが来たぞ」

「あっ、ほんと!?」

咲の顔がぱあっと輝く。部屋を飛び出していった咲の後に、由子と直広も続いた。

「桜羽、お前も来い」

「私も？」

「ああ」

焔良が親指で廊下を指さす。よくわからないままに、桜羽は焔良と一緒に部屋を出た。

「心花が鍵《かぎ》をかけ忘れていったみたいなのだけど……」

焔良の命令には必ず従う真面目な心花がうっかりすることはないだろうと思いながら尋ねたら、焔良は、

「かける必要がなくなったからな」

と答えた。

「どういうこと？」

戸惑う桜羽に、焔良が微笑みかける。

「お前はもう鬼に危害を加えない。そうだろう？」

「ええ……加えないわ」

先ほどまで「焔良の邸《やしき》にいたら、これからも軟禁生活が続くだろう」と考えていた。彼に信用されたのだと思うと、嬉《うれ》しさで胸がいっぱいになった。それと同時に、再び迷いが生じる。この邸に残りたい。いや、陰陽寮《おんみょうりょう》に帰らなければ。

(焔良はどう思っているのかしら……)

焔良は優しいまなざしで桜羽を見つめている。桜羽の迷いに気付いているのかもしれないが、何も言わない。

一階の応接室に入ると、永田町で出会い、華劇座で逃げられた鬼女、矢草が、床に膝《ひざ》をつき、咲を抱きしめていた。頬には涙が光っている。

「よかった、咲。見つかって本当によかった……」

（咲が矢草の娘だったのね……）

何度も安堵《あんど》の言葉を口にする矢草を見て、桜羽の胸が詰まった。

（この人は、鬼である以前に、母親なのだわ）

矢草は姥貝子爵邸に乗り込み、子爵を脅して、鬼の子の売買が行われているという闇のオークションの存在を突き止めた。きっと子爵もオークションに参加したことがあるのだろう。矢草は子爵に怪我をさせてしまったようだが、我が子を思う母の気持ちを考えると責められない。

「矢草。今回、子供たちを助けるために、桜羽も手伝ってくれたんだ」

焔良が桜羽の背中に手を添え、矢草に声をかける。矢草は顔を上げると、桜羽を見上げた。小さなやけどであちこち赤くなっている桜羽の顔を見て驚いている。彼女の瞳には以前のような憎しみの色はなく、いたわりが浮かんでいた。

矢草は立ち上がると、桜羽に向かって丁寧に一礼した。

「娘を助けてくださったこと、お礼申し上げます。お怪我が早くよくなりますように」

（私……鬼の敵なのに……）

矢草のお礼に、桜羽は動揺した。自分はこんなふうに感謝されてもいいのだろうか。

戸惑い、焔良を見上げると、焔良は桜羽の頭に手を乗せ、ぽんぽんと軽く撫でた。

まるで「素直に感謝されておけ」と言うように。

矢草が咲を連れて何度もお辞儀をしながら邸を出ていくと、入れ違いで別の夫婦がやってきた。由子と直広の両親らしい。二人も泣きながら桜羽と焔良にお礼を言い、姉弟《きょうだい》を伴って帰っていった。

「そういえば、もう一人の男の子は？」

一番年上の少年の姿が見えない。

「あちらにいる」

応接室を出ると、焔良はサンルームへ足を向けた。

日が差し込む窓辺の椅子に、少年はぽつんと座っていた。寂しそうに庭を眺めている。

桜羽は彼に歩み寄ると、

「あなたにも、早くお父さんとお母さんの迎えが来るといいわね」

と、声をかけた。

すると、少年はぱっと振り向き、悲痛な声で叫んだ。

「俺に迎えは来ない！　俺のお父さんとお母さんは、陰陽師に殺されたんだ！　俺たち、何もしていないのに！　普通に暮らしていただけなのに！」

「……っ」

突然自分たちの行為の結果を突きつけられ、息が止まった。

少年の顔と、幼い頃の自分の顔が重なる。恨みに燃える彼は、かつての桜羽と同じだ。

明治の世に変わってから、人に害をなす鬼は減ったといわれている。それをあえて捜し出し、陰陽師は彼らを狩っている。それは政府から与えられた自分たちの職務だからだ。

今はおとなしくとも、彼らが明治政府に反抗したり、人々に危害を加えたりしないように、先回りをして彼らの命を奪うことが正しい行いだと、陰陽寮の者たちは信じている。

けれど、親を殺されて泣いている子供を目の前にして、桜羽はたまらない気持ちになった。

「栄太様《えいた》」

少年の名を呼ぶ声が聞こえ、振り向くと、涙をにじませて真っ赤な目をした心花が立っていた。

心花は栄太のそばまで歩み寄ると、彼の手を取った。

手を繋《つな》ぎ、肩を並べてサンルームから出ていった二人を見送り、立ち尽くしていた桜羽に、離れた場所で様子を見守っていた焔良が近付いてくる。彼の顔を、桜羽は弱々しく見上げた。

「私たち……陰陽師がやってきたことはなんだったの？」

そう口にして、焔良に尋ねることではないと気付く。

「前にも話しただろう？　鬼はもともと人だったと。鬼という名をつけられて迫害されたから、俺たちは鬼という種族にならざるを得なかった。俺たちはお前たちと同じように、誰かを愛し、家族を持ち、穏やかで幸せな生活を送りたいと思っている。そんなささやかな願いを叶《かな》えるために、俺の先祖たちは代々、鬼の頭領として仲間を見守ってきた。今、その役目を担っているのは俺だ」

強いまなざしで、焔良は自分の使命を口にする。

「でも、鬼は幕府の命で暗躍していたのでしょう？　悪いことをしていたのは事実よ！　幕末の争いの中でも、要人たちの暗殺をしてきたと聞いているわ」

桜羽は陰陽師の正当性を主張するように言い返した。

「確かに、暗殺稼業をしていた鬼たちもいたが、それは彼らなりの生きる術《すべ》だったんだ。だから許せとは言えないが……」

焔良はつらそうに瞼《まぶた》を伏せた後、再び目を開けた。

「今の明治の世は、俺たちにとって生きにくい。お前たちは無差別に俺たちを殺すからな」

淡々とした口調だったが、責められているように感じ、桜羽は唇を噛《か》んだ。

「明治政府は、俺たちがいつか反乱を起こすのではないかと恐れているが、そんなことはしない。父の代では反撃もしていたが、俺はいつまでも人と争っていてはいけないと思っている。鬼は人となんら変わらない。それを理解してもらえれば、共存できると信じている」

初めて会った日の夜、焔良は「同朋《どうぼう》を守りたい」と言っていた。彼の深い覚悟を知って、桜羽の胸が震える。

自分はこれほどまでの信念を持って、鬼を狩ろうとしていただろうか。

焔良が母を殺したから、仇《かたき》を取りたいと思っていた。鬼という種族の者たちは皆が敵で、殺すべきだと考えていた。自分の行動に疑問を持たないよう、「政府に命じられているから」という大義名分をよりどころにしていたのではないだろうか。

俯《うつむ》いた桜羽の頰に触れ、焔良が顔を上げさせる。まっすぐに桜羽を見つめる焔良は、きっと桜羽の心の奥底まで見通している。

「お前がどうしたいのか、答えを見つけるのはお前自身だ」

「……ええ、そうね。ごめんなさい」

胸が苦しくて、目に滲《にじ》んだ涙を手の甲で拭《ぬぐ》う。自分に泣く資格はない。

自分の分身のように感じた栄太のことが心配になり、桜羽は焔良に尋ねた。

「栄太君は大丈夫かしら？」

「心花がついている。──以前、街中に迷い出てきた子狸が、馬車に跳ねられて瀕死《ひんし》で倒れていたところを、見つけたのが栄太なんだ。子狸を抱いて俺の邸に来て、必死な様子で『助けてほしい』と言っていたよ。それが心花だ。……お前もあの子を助けたことがあるのだろう？」

「ええ。あの子が陰陽寮に迷い込んできた時にね」

「迷い込んだのではない。心花は自分の意思で陰陽寮へ行ったんだ。栄太の行方に繫がる証拠を探しにな」

「どういうこと？」

不安になって尋ねると、焔良は真剣な表情で補足した。

「俺は、鬼の子を攫《さら》ったのは陰陽師だと考えている。心花もそう思ったのだろう」

「まさか！　子供たちは陰陽寮《おんみょう》に監禁されていたとでも言いたいの？　陰陽寮にそんな場所はないわ！　鬼の子を閉じ込めていたら、誰かが気付くはずよ！」

焔良の推測を、桜羽はすかさず否定した。陰陽師は子供を攫うような真似はしないだろう。なぜなら殺すことが目的だからだ。実際、桜羽や斎木にそのような命令が下ったこともない。

けれど、桜羽は鹿鳴館で陰陽寮の制服を着た人物を目撃している。

体の横でこぶしを握り、桜羽は真剣な表情で焔良を見つめた。はっきりとした口調で告げる。

「私を陰陽寮へ帰して」

焔良は一瞬、目を見開いた後、皮肉げに口角を上げた。

「俺たちのことを密告に行くのか？」

「違うわ」

すぐさま否定する。

陰陽寮が、鬼の子の拐《かどわ》かしやオークションに関わっていたのかどうか、真相を突き止めたい。

そして、鬼とあやかしを狩る意味を、冬真がどう捉《とら》えているのかも知りたい。それがどんな理由であれ、あやかし狩りをやめるよう、彼を説得したい。

桜羽一人の力では、明治政府に働きかけるのは無理だ。陰陽寮長官である冬真の協力がないと――

こぶしを握り胸に当てる。静かに目を閉じ、桜羽は決心を固めた。

「私は、真実を確かめに行く」

第三章

陰陽寮の長官室で、冬真は書類をまとめていた手を止めた。

開けていた窓からひんやりとした風が吹き込んできて、外に目を向けると、いつの間にか日は暮れていた。

「夜はまだ冷えるな……」

独りごち、窓を閉めようと近付いて、空にひときわ明るく輝く星を見つけた。

「太白《たいはく》か」

凜《りん》とした光を放つ星を見上げて、ふと、七歳年上だった従姉《いとこ》の姿が脳裏に浮かんだ。

月影家の長女だった彼女は、月影氏流開祖の再来と言われるほど、類《たぐ》い希《まれ》な力を持っていた。冬真は彼女こそが頭領にふさわしいと思っていたが、女性であるがために、先代頭領から「早く婿を取るように」と迫られていた。

美しい人だった。彼女が微笑むと、誰もが彼女に魅了された。彼女と結婚したいという男は引きも切らなかったが、彼女は結婚を嫌がり、頑として縁談に応じなかった。

今でこそ、自由恋愛という考えも広まってきたが、当時はまだ結婚といえば見合いが主流だった。

「好きでもない相手と夫婦になるなんて信じられないわ。ねえ、冬真もそう思うでしょう？」

十七歳だった従姉は十歳の冬真に向かって、よく愚痴をこぼしていた。年下の冬真を、弟のように思っていたのだろう。

普段はきりりとして美しい彼女が、頰を膨らませて怒る姿は可愛くて、冬真は、従姉が自分にだけ年相応の顔を見せてくれることに優越感を抱いていた。

なかなか結婚しない従姉に手を焼きつつも、先代の頭領は、神力の高い彼女を重宝した。

結婚は嫌がっても、彼女は父の命じる通り、実直に鬼とあやかしを狩った。冬真は、従姉の戦う姿が好きだった。歌うように呪《まじな》いを唱えて、水の力を操る。刀を振るう様は、舞を舞っているかのように優美だった。

けれど従姉は、ある夜、鬼に攫われ行方不明になった。

あの時の絶望感は今でも覚えている。

冬真は、従姉を自分のもとから奪った鬼を恨んだ。

鬼への憎しみは年々募り、先代頭領が亡くなった後、月影家を継いだ冬真は、かつての従姉のように鬼とあやかしを狩って回った。

そうしなければ、大切な人を失った空虚感を埋めることができなかったから……。

そんな冬真が引き取った幼い少女。

成長した桜羽と従姉の姿が重なる。

桜羽は母親によく似ている。

（どこへ行った、桜羽）

桜羽はひと月ほど前から行方がわからない。斎木が言うには、銀座を巡回中に忽然《こつぜん》といなくなったらしい。

方々手を尽くして捜してみたが、一向に見つからない。

従姉が消えた時のことを思い出し、胸が苦しくなる。まさか桜羽も、従姉と同じように鬼に攫われたのではあるまいか。

（冗談ではない）

彼女に何かあったら、自分は今度こそ、どうにかなってしまうだろう。

「捜索の範囲を広げてみるか……」

厳しい目でもう一度太白を見上げた後、窓を閉めようと窓枠に手をかけた冬真は、陰陽寮の門を入ってくる小柄な人影に気付いた。

「まさか……」

身を翻し、長官室を飛び出す。階段を駆け下り外へ出ると、人影も冬真に気が付いたのか駆け寄ってきた。

「冬真様！」

「桜羽！」

冬真はそばまで来た桜羽の肩を摑《つか》んだ。

「今までどこにいた！」

心からほっとしているのに、厳しい声が出る。桜羽は背筋を伸ばすと、

「事情があって、とある方のところでお世話になっておりました」

と、はっきりした声で答えた。

「とある方だと？　それは誰だ？」

「……あとでお話しします」

揺れた瞳《ひとみ》を見て、言いにくいことなのだと察する。

「わかった。とりあえず邸《やしき》に帰ろう。支度をするから、長官室で待て」

肩から手を離し、背中に添える。軽く押して歩きだすと、桜羽は素直に付いてきた。


月影邸へ戻った桜羽は、たった一ヶ月しか邸を離れていなかったというのに、懐かしいような気持ちになった。それだけ、焔良の邸での毎日が、桜羽にとって濃かったのだろう。

数寄屋《すきや》造りの月影邸は二階建てだ。玄関を入ると、冬真は桜羽を伴って、まっすぐに一階の自室へと向かった。

冬真が居室として使っている八畳間は、いつも綺麗《きれい》に片付けられている。制服の上着

を脱ぎ、衣桁《いこう》に掛けると、冬真は床の間の前に腰を下ろした。桜羽にも座るよう、目の前を指し示す。桜羽は「失礼します」と言って正座をした。

二人は、久方ぶりに向かい合った。

先に桜羽が一礼し口を開いた。

「長い間、留守にしてご心配をおかけし、大変申し訳ございません」

冬真は桜羽の謝罪に一度頷《うなず》くと、

「それで、お前が世話になっていた『とある方』とは誰だ？」

と質問した。

「それは……」

覚悟を決めて戻ってきたものの、冬真にどこまでのことを話していいのか迷う。

桜羽は少し考えた後、

「鬼の頭領です」

と答えた。

「なんだと？」

冬真が表情を険しくさせ、身を乗り出す。

「どういった経緯《いきさつ》でそうなった？」

「以前、永田町に、鵺《ぬえ》を伴った鬼女が現れたことを覚えておられますか？」

「もちろん覚えている」

「その後、陰陽寮《おんみょう》は帝都内の警備を強めました。私は、同じ班になった末廣さん、毒島さん、斎木君と共に銀座を巡回中、その鬼女を見かけたのです。私は単身で彼女を追い……」

そこで一旦《いったん》言葉を句切り、桜羽ははっきりとした声で続けた。

「鬼の頭領と出会ったのです」

（華劇座のことは、冬真様には話せない。あの劇場で、多くの鬼が働いていると知ったら、冬真様はきっと討伐に向かう）

矢草を失ったら、咲は栄太のように悲しむだろう。それに、あそこで働く鬼たちが、具体的に何か悪さをしたわけではない。

「鬼の頭領に、お前は攫《さら》われたということか？」

感情を抑えているかのように、冬真の声音が低くなる。桜羽は、冬真が、膝《ひざ》の上で強くこぶしを握っているのに気が付いた。

「最初は無理矢理連れていかれたのですが……彼と生活するうちに、私は知ったのです。鬼はかつて人だったけれど、争いの歴史の中で、彼らは人間に『鬼』という種族へと変えられていったということを」

桜羽の説明を聞く冬真の表情に、怒りはあれど驚きはない。その顔を見て、桜羽は察した。

（冬真様は、とっくに鬼の正体を知っていらっしゃったのだわ）

「彼らは悪鬼ではありません。私たちと同じように、家族を愛し仲間を大切にする、優しい人々です」

まっすぐに冬真を見つめ、ゆっくりと言葉を紡ぐ。

焰良や、朱士、矢草、鬼の子供たちの顔が脳裏に浮かぶ。

「冬真様。お願いします。もうあやかし狩りは止めてください。私は、陰陽師に親を殺された鬼の子供に出会いました。あの子は、お母さんを殺した鬼を憎む、私そのものでした。私は八歳以前の記憶をなくしていますが、お母さんが赤髪の鬼の少年に殺される夢を、数え切れないほど、繰り返し見てきました。その度に彼を憎み、仇《かたき》を取りたい、鬼は殺すべきだという思いを強くしました」

桜羽は冬真に向かって言葉を続けた。

「初めて鬼の頭領と出会った時、彼こそが、お母さんを殺した赤髪の少年だと確信しました。頭領の邸に連れ去られた私は当初、なんとか彼の首を取って、冬真様のもとへ持ち帰ろうと考えていたのです。――でも、鬼の頭領と暮らして、彼や彼の仲間のことを知って、疑問を抱きました。頭領は仲間を守りたいと心から願っていて、人との共存を模索している。自分を殺そうとしている私にまで、思いやりを持って接してくれた。そんな人が、お母さんを殺すでしょうか？」

仲睦《なかむつ》まじい両親と、焰良父子《おやこ》の夢を見て、疑問はますます強くなった。自分は何か勘違いをしているのではあるまいか。

か。

（焔良がお母さんを殺す夢は、ただの夢で、私の思い込みだったとしたら……）

桜羽がそう思い込んだ理由は一つしか考えられない。冬真が「桜羽の母は鬼に殺された」と言ったからに違いない。彼の言葉を、幼い桜羽は素直に信じたのではないだろうか。

疑いのまなざしを向ける桜羽に、冬真は否定の言葉を返した。

「桜羽、それは違う。お前の母、朔耶は、私の目の前で赤髪の鬼に殺された。朔耶を攫った鬼は、彼女にお前を身ごもらせた。そして、仲間に殺させたんだ。鬼は非道で、滅ぼすべき存在なのだ」

冬真の静かな声音の中に確かな怒りを感じ、桜羽は息を呑《の》んだ。

「お前が今まで、母を殺した鬼を憎んでいたように、私もまた、鬼という種族を憎んでいる。朔耶は私の親戚《しんせき》……大切な従姉《いとこ》だったのだからな」

（冬真様の恨みは、もしかしたら私よりも深いのかもしれない……。けれど……）

彼の氷のような心を溶かしたい。

「私は、親を殺された鬼の子供を見て思ったのです。憎しみに胸を焦がすことほど、つらく悲しいことはないと。私はこれ以上、悲しみを増やしたくない。鬼の頭領は、いつまでも鬼と人が争っていてはいけないと言っていました。私もそう思います。私が頭領と過ごして、彼の人柄を知ったように、他の人たちにも……冬真様にも、全ての鬼が悪ではないと知ってもらいたい。相互理解が必要だと思うのです」

人は理解できないものに恐怖を感じる。ならば、知ってもらえばいい。

「冬真様。一度、鬼の頭領と会ってみませんか？　頭領と直接話をしたら、彼が信念を持っていることがわかると思うのです」

深く頭を下げた桜羽を、冬真は静かな瞳で見つめている。

緊張感が漂う無言の時が過ぎ――

難しい顔をしていた冬真が、小さく息を吐いた。

「……お前の気持ちはわかった」

桜羽はぱっと顔を上げた。冬真に向かって、期待の籠《こ》もった目を向ける。

「それでは、鬼の頭領と会ってくださるのですね！」

「ああ。お前の言う通り、相互理解は必要なのかもしれない。鬼の頭領に会い、話をしてみよう」

「ありがとうございます！」

嬉《うれ》しさで笑みを浮かべながら冬真にお礼を言ったが、冬真はそんな桜羽から、ふいと視線を逸《そ》らした。

（冬真様？）

やはり、焔良と会うのに躊躇《ためら》いがあるのだろうか。

（それでも、私は冬真様に焔良の気持ちをわかってもらいたい）

決意を新たにしながらも、冬真と焔良の対面の前に確認しておかなければならないことがあると、桜羽は居住まいを正した。

「冬真様……あと、いくつかお聞きしたいことがあるのですが、よろしいでしょうか？」

「なんだ？　言ってみろ」

「先日、鹿鳴館で、十和田外務大臣主催の夜会が開かれましたが、その際に陰陽寮から誰かを派遣なさいましたか？」

不安から、尋ねる声は小さくなった。

「警備という意味でか？　いいや」

冬真が間髪を容《い》れずに否定する。

「そのような要請は来ていない」

では、あの夜に見かけた人物は誰だったのだろう。

（陰陽寮の者を装った何者か……？）

顎《あご》に指を添えて思案していると、冬真が尋ねた。

「聞きたいことはそれだけか？」

「いえ……」

桜羽は顎から指を離し、膝の上で両手を揃えると、再び冬真を見つめた。冬真は、普段通りの、何を考えているのか読めない表情を浮かべている。今はそれが、桜羽の不安をかき立てる。

口ごもった後、桜羽は思い切って冬真に尋ねた。

「私と鬼の頭領は、鹿鳴館の夜会の裏で、鬼の子供たちが上流階級層に向けたオークションで売買をされていたという事実を突き止めています。私は、陰陽寮の誰かが、オークションに出品するために、鬼の子供たちを攫っていたのではないかという懸念を抱いています。冬真様はどう思われますか？」

おそるおそる冬真の顔色を窺《うかが》うと、冬真は僅《わず》かに眉《まゆ》を上げ、驚いた表情を浮かべていた。

「鬼の子を攫う？　私は誰にも、そのような命令を下した覚えはない。鬼は見つけ次第殺せというのが、政府が我々に与えた職務だ。捕らえる意味はない。もし、陰陽寮の誰かがそのようなことをしていたとしたら、私が気付かないはずはない」

「そう……ですよね」

冬真にきっぱりと否定され、ほっとしていると、冬真から鋭い問いかけが飛んできた。

「桜羽は、鬼の頭領と鹿鳴館の夜会に行っていたのか？」

「あっ……それは、成り行きで……」

妙に不機嫌な冬真にたじろぎながらも、桜羽は焔良と交わした約束について説明をした。

「鬼の子を助ける代わりに、お前を解放すると言ったのか？　鬼の頭領はやけに策士だな」

冬真が腕を組んだ。イライラしているのか、指で肘《ひじ》を叩《たた》いている。

「焔良は鬼の子たちが心配で、一刻も早く助け出したかったのです。彼が策士だったとしても、それには意味があったのです。嫌な人ではありません。だから……」

冬真は小型鞄《かばん》から呪《まじな》い札を取り出した。焔良との対面をやめると言われては困ると、必死になっている桜羽に差し出す。

「私の式神を使いに出そう。鬼の頭領に取り次ぎを頼む。陰陽《おんみょう》寮長官が話をしたいと言っていると札の裏に手紙を書き、私に返してくれ」

冬真から札を受け取り、桜羽はほっとしながら一礼した。

「はい。承知しました」

腰を上げ、再度お辞儀をし、冬真の部屋を出る。

自室へ向かい、廊下を歩きながら空を見上げると、煌々《こうこう》と月が照っていた。

ふと、焔良の顔が脳裏に浮かぶ。彼は今、何をしているのだろう――

＊

桜羽が焔良の邸《やしき》を出てからひと晩が経った。桜羽のいない邸は空虚に感じる。

焔良は、広間の長椅子に腰を下ろし、桜羽と過ごした日々を思い返していた。

一緒に朝餉《あさげ》を食べた後、この広間でダンスの練習をした。負けん気の強い桜羽が、必死に焔良についてくる様子を思い出し、唇に寂しい笑みが浮かぶ。今頃あの子は何をしているのだろう。冬真と共に過ごしているのだろうか。

「……結局、今度も俺は、月影冬真にあの子を奪われたというわけか」

自嘲《じちょう》気味につぶやき、焔良は腰を上げた。いつまでも感傷に浸っているわけにもいかない。そろそろ朱士が迎えに来る頃合いだ。今日から華劇座で新しい演目が始まる。支配人としてやるべきことはたくさんある。

広間を出てサンルームを通りかかった焔良は、硝子《ガラス》窓を開けて外を眺めている心花に気が付いた。

「心花、どうした？」

「あっ、焔良様っ」

心花がぱっと振り向き、駆け寄ってくる。

「桜羽様が戻っていらっしゃらないかと思って待っていたのです」

焔良は、しゅんとした様子で俯《うつむ》いた心花の頭に手を置き、言い聞かせた。

「桜羽は帰るべきところへ帰ったんだ。彼女は陰陽師だ。いつまでも鬼のもとにいるわけにもいかないだろう」

「そうですけれど……」

心花は体の前で指を組み替えると、ぽつりとつぶやいた。

「……寂しいです」

心花の頭を撫《な》でながら、桜羽の顔を脳裏に描く。怒ったり、笑ったり、泣いたり、彼女は表情が豊かで見ていて飽きなかった。次はどんな顔を見せてくれるのだろうと、あれこれとからかってしまったが、桜羽にとっては迷惑な話だっただろう。

「これでいいんだよ。あの子は鬼と人の血を引いている。きっと人としての立場から、鬼との共存について考えてくれるさ」

桜羽が焰良を闇討ちしようとした日、焰良は彼女に、攫《さら》われた鬼の子供たちを助け出す協力をしてくれたら解放すると約束した。桜羽が陰陽寮に戻った時、この邸の場所や華劇座のことを上官に報告するかもしれないという恐れはあったが、焰良は最初から、彼女を信じようと決めていた。

(きっとあの子なら、俺たちのことをわかってくれるだろうと思ったから)

窓の外に目を向けると、一匹の猫が薔薇《ばら》園に迷い込んでいるのが見えた。黒い体に緑色の目をした猫を見て、違和感を覚える。

「まさか……」

外に出て歩み寄ってみたが、猫は逃げようとはしない。焰良が手を差し出すと、「ニャア」とひと声鳴いた後、突然、呪いの札へと姿を変えた。

「やはり、式神だったか」

(この邸には結界を張っている。よほど力のある陰陽師の式神でなければ入り込めないはずだが……。桜羽か？　それとも誰か別の……)

警戒しながら札を拾い上げて驚いた。呪いが描かれた面の裏側に、桜羽の筆跡で焔良に宛てた手紙が記されていた。急いで文面を読んだ焔良は、すっと目を細めた。

「冬真が俺に会いたがっている……だと？」

桜羽は「冬真様は、鬼と人との今後について、焔良と話し合いたいと言っている」と書いているが、あの男がどこまで本気なのかわからない。

「……何を考えている？」

焔良はしばらくの間、手紙を見つめ思案していたが、桜羽の笑顔を思い出して気持ちを切り替えた。

（あいつの真意は、以前からずっと気になっていた。桜羽の望みなら、この誘い、受けるのも悪くない。それに、桜羽が冬真を説得してくれるのだとしたら、鬼と人の関係が改善し、未来に望みが持てるようになるかもしれない……）

＊

焔良から承諾の返事が届き、会食の場所と日時を決めてから七日後。会食の当日となり、桜羽と冬真が西洋料理店『如月軒《きさらぎけん》』に着くと、焔良は既に来ていて、個室で二人を待っていた。

外出する時は黒く色を変えている焔良の髪と瞳《ひとみ》は、今日は素の赤色のままだ。

華劇座の支配人として紅塚良を名乗る時の焔良は、眼鏡を掛けていることもあり、実際の年齢よりも落ち着いて見える。鬼の頭領としての姿でいる時は、青年らしい明るさや、持ち前の自信が滲《にじ》み出ていて、紅塚良とはかなり雰囲気が変わる。

今日は鬼の頭領として冬真に会うので、そのままの姿をとっているのだろう。

一方の冬真は普段の制服姿とは違い、着流しに羽織を重ねていた。

「お待たせしたようで、申し訳ない」

冬真は部屋に入ると、焔良に向かって軽く謝罪した後、すぐに椅子に腰を下ろした。二人の目が合う。

「それほどでもない。お前とは一度ゆっくりと話をしてみたかった」

焔良はそう答え、どこか不敵に笑った。冬真はそのまなざしを受け流し、桜羽を振り向いた。

「早く座りなさい」

「あっ、はい！」

二人のやりとりをそばで見ていた桜羽は、慌てて椅子を引いた。

注文を聞きにやって来た給仕人に、冬真が慣れた様子で注文をする。すぐに、冬真と焔良にはビール、桜羽にはラムネが運ばれてきた。

桜羽は、以前、物珍しさでラムネを買ってみたことがある。コルク栓を抜くのを失敗して、中身を噴出させてしまったのだが、さすがに給仕人は開けるのがうまかった。こぼすことなくグラスに注ぎ、桜羽の前に置いてくれる。

冬真と焔良はビールを口にした後、目を合わせたが何も言わない。お互いに相手の出方を窺《うかが》っているようで、冬真の隣に座る桜羽はハラハラしてしまう。

しばらくして、料理が運ばれてきた。最初の冷肉はローストビーフだ。

西洋料理は一般庶民にまでは広まっておらず、桜羽もそれほど食べたことがあるわけではない。不慣れな手つきでナイフとフォークを操る。

（宮中ではフランス料理が正式な料理として採用されたというし、『如月軒』も上流階級層の方々に人気があるのでしょうね）

一方、冬真と焔良は慣れた手つきでローストビーフを切っていた。冬真は政府関係者と、焔良は上流階級層の人々と会食の機会もあるのだろう。

最初は無言だった二人だが、さすがにずっとそのままというわけにもいかず、当たり障りのない天気の話などをしている。

（今日の会食で、冬真様に鬼のことを知ってもらいたい。……あれっ？　そういえば、二人って挨拶《あいさつ》をしたかしら？）

冬真は部屋に入った後、すっと椅子に座ったような気がする。焔良も特に名乗ってはいなかった。

（私があらかじめ、二人に名前を教えていたから？　でも、挨拶ぐらい……）

桜羽は冬真を振り向くと、

「あの、冬真様。ご挨拶がまだだったような気がするのですが……」

と、声をかけた。冬真が顔を上げ、桜羽を見た。今、気付いたというように、焔良に顔を向けると、

「……初めてお目にかかる。鬼の頭領殿。陰陽《おんみょう》寮長官、月影冬真だ」

と名乗った。焔良は冬真の挨拶を受けて、僅《わず》かに口角を上げると、

「ああ、初めまして。月影長官。俺のことは焔良と呼んでくれ」

と返した。

「今日はお招き感謝する」

「……桜羽が、一度、貴殿に会ってみろと言うのでな。ひと月ほどの間、桜羽が世話になったようだな。こちらこそ感謝する」

礼を言いながらも、冬真の言葉に気持ちは籠《こ》もっていない。桜羽を攫った焔良に、良い感情を持っていないことが伝わってくる。

焔良もそれはわかっているのか、挑発するように応えた。

「桜羽がいる間は、楽しく過ごさせてもらった」

冬真の目つきが剣呑《けんのん》になる。

友好関係を築きに来たというのに、二人が牽制《けんせい》しあっているように感じ、桜羽は焦った。会話が和やかになる糸口を見つけなければと、桜羽は冬真に、

「冬真様、私、焔良のお邸《やしき》でダンスの練習をしていたのですよ」

と話しかけた。冬真が怪訝《けげん》な顔をする。

「お前がダンスを？　習わせたことはなかったはずだが」

「一から教えてもらいました。最初は躓《つまず》いたり、足を踏んだりして散々だったのですけれど、焔良が根気よく教えてくれたので、だんだんコツが摑《つか》めてきて……」

身振り手振りで冬真に説明をすると、一生懸命に話す桜羽が面白かったのか、焔良が「ふっ」と笑った。

「桜羽は筋が良かったぞ」

「最初は馬鹿にしていたじゃない」

「初めて会った時から、体の動きがいいと思っていたんだ。練習をすれば、絶対にダンスも上達すると思っていた」

(体の動きがいいって、私が劇場の支配人室で焔良と取っ組み合ったり、お邸で寝首を搔《か》こうとしたりしたことを言っているのかしら)

焔良の口調に悪戯《いたずら》っぽい響きを感じ、桜羽は「むう」とむくれた。

「桜羽は、焔良殿と共に鹿鳴館の夜会に出席したと言っていたな。貴殿から誘われたのか？」

冬真が探るような視線を焔良に向ける。

「目的は夜会ではない」

焔良はそう答えると、冬真の出方を待った。冬真は焔良を見つめ、

「桜羽は、鹿鳴館で鬼の子を売買するオークションが秘密裏に行われていたと話していたが、そうなのか？」

　と問いかけた。焔良はちらりと桜羽に目を向けた後、冬真に視線を戻した。

「その通りだ。数ヶ月前から、鬼の子供たちが行方不明になる事件が立て続けに起きていたんだが、夜会の裏で闇のオークションが行われているという情報を得て、助けに向かったんだ。夜会に潜り込むにはパートナーが必要だったから、その役目を桜羽に頼んだ」

「桜羽を攫《さら》ったのは、そのためか？」

　冬真のまなざしが鋭くなる。

「もともとは、そのつもりではなかった。偶然、桜羽に俺の正体を見破られたから、連れていった。陰陽寮に話されては困るからな」

「なら、なぜ桜羽を帰した？」

「もともと、夜会のパートナーを務めてくれたら解放する約束だった。それに彼女が鬼を信じようとしてくれたから――」

　焔良はそう言うと、眩《まぶ》しいものを見るような目で、桜羽を見つめた。桜羽の心臓が、ドキッと鳴る。

「桜羽は、鬼の事情を知り、理解しようとしてくれた。そんな彼女を、俺は信じている」

焔良の言葉を聞いて、桜羽の胸がいっぱいになる。

二人の間に流れる温かな空気を打ち消すように、冬真が冷ややかな声を出した。

「桜羽は随分、鬼の頭領と仲良くなったのだな」

「敵と馴《な》れ合ってどうする」と責められている気がして、桜羽は慌てた。

「ひと月同じ屋根の下にいて毎日顔を合わせていましたし、彼の人柄も知ったので……。焔良から鬼の話を教えてもらって、彼を見る目が変わったのです」

桜羽は両手を膝《ひざ》の上で重ねた。目を伏せ、ここ一ヶ月で変化した自分の気持ちを言葉にする。

「焔良は、最初は強引で嫌なことばかりしてくる人だと思いました。口が悪いし、すぐからかってくるし、腹が立ってばかりだった。でも、毎日一緒に過ごすうちに、彼が仲間思いで、愛情深い人だということがわかったのです。私が風邪を引いた時も心配してくれて……」

ひと晩、そばにいてくれたことを思い出し、頰がほんのりと熱くなった。

「焔良は鬼だから相容《あいい》れないと思い込んでいたけれど、そうじゃない。相手を知るためには、深く付き合うことが大切だと学びました」

警戒してばかりではなく、お互いにほんの少しでも心の内を見せ合えば、関係は変わる。

「私は、焔良に出会えてよかったと思っています。鬼も人も関係ない。完全にはわかり合えなくても、私は、相手を知って受け入れる努力をしたい」

胸に手を当て宣言した桜羽に、焔良が頷《うなず》いてみせる。冬真のほうへ体を向け、焔良は丁寧に頭を下げた。

「貴殿はご承知のことだと思うが、鬼は自分たちの居場所を作るために幕府のもとで働き、恥ずかしながら非道な命令にも従ってきた。今や幕藩体制は瓦解《がかい》し、世の中は変わった。俺たちは、できれば今後は人の世に受け入れられ、静かに暮らしていきたいと願っている」

「過去の罪をなかったことにしろと？」

冬真が焔良に鋭いまなざしを向ける。焔良は冬真の視線を真正面から受け止めながら、

「都合のいいことを言っているのはわかっている。その上で頼みたい。政府にあやかし狩りをやめるように働きかけてくれないか？」

と、力強い口調で要求を述べた。

親の代までの罪を、今を生きる子供たちが、この先もずっと背負っていかなければならないというのならば、彼らの人生に救いはなくなってしまう。

罪があるのは、陰陽師側も一緒だ。鬼は一族の多くを陰陽師に殺されている。焔良はそれに関して一言も冬真を責めてはいない。きっと内心では思うところもあるだろう。冬真に対して激高してもおかしくないはずなのに、これからの両者の関係のため、焔良は堪えている。その姿に、桜羽は胸を打たれた。

（焔良、冬真様……）

祈るような気持ちで二人を見ていたら、冬真と目が合った。

桜羽は体ごと冬真に振り向き、力強く訴えた。

「人と鬼がお互いを憎み、殺し合う関係は、もう終わりにしましょう。争いの連鎖は断つべきです」

冬真の表情は変わらない。彼が今、何を考えているのか読めず、桜羽は不安になったが、怯《ひる》まずに続けた。

「冬真様は、人と鬼の間に生まれた私を育ててくださいました」

「それは、お前が朔耶の娘で月影家の血を引いているからだ」

「月影家の血を引いてはいますが、私は鬼の子でもあります。そんな私を、冬真様は可愛がってくださいました」

冬真の真意は見えにくいが、桜羽は、彼が冷たい人ではないと知っている。

「冬真様は、私に教育を与え、呪《まじな》いや剣術についても教えてくださいました。私は、冬真様を家族として敬愛しています。思慮深く優しい方であると、信じております」

迷いのない桜羽の瞳《ひとみ》を見て、冬真は一瞬弱ったような顔をしたが、すぐに心を隠してしまった。

桜羽と焔良が冬真を見つめていると、しばらくして、彼は「わかった」と答えた。

「……政府に話をしてみよう」

「冬真様！」

冬真に焔良の思いを理解してもらえたのだと嬉《うれ》しくなり、桜羽は思わず彼の手を取った。

「ありがとうございます！　冬真様のお心遣い、感謝致します」

冬真の手を両手で包み込み、顔を見上げたら、桜羽の行動が予想外だったのか、冬真はめずらしく目を丸くしていた。

「あっ、申し訳ありません！」

「……いや、いい」

冬真は素っ気なくそう言うと、桜羽の手を離した。

「よろしく頼む」

焔良が冬真に頭を下げる。

その時、個室の扉が開き、給仕人が次の料理を運んできた。

話が一段落し、桜羽は再びフォークとナイフを手に取った。

「時に、焔良殿」

桜羽と同じように食事を再開しながら、冬真が焔良に話しかけた。

「貴殿はどちらにお住まいなのか？」

「帝都内に邸《やしき》を持っている」

焔良がそつなく答える。

「何か仕事はされているのか？」

「いくつか事業を行っている」

二人の会話はたあいない内容だ。

「陰陽寮には何人ぐらい所属されているのか？　桜羽以外に女子もいるのだろうか？」

今度は焔良が冬真に尋ねる。

「それなりの人数が在籍しているが、女子は桜羽だけだ。あえて陰陽師《おんみょうじ》になりたい女子など、そういない。……私は桜羽に、陰陽寮に入ってもらいたくはなかった」

冬真がこぼした本音を聞き、桜羽は目を瞬かせた。

「そうなのですか……？」

驚いて冬真を見上げると、冬真は「ああ」と頷いた。

「お前の手を血で汚したくはなかった」

目を伏せた養い親を見て、桜羽の胸が締め付けられた。

「人と鬼の関係が変われば、陰陽師が鬼を狩る必要はなくなります！　冬真様も他の陰陽師も、誰も殺さなくてよくなります」

自分はまだ誰も殺したことはない。けれど、幼い頃から陰陽寮に所属していた冬真は、数え切れないほどの鬼とあやかしを狩ってきたはずだ。鬼とあやかしを殺しても罪にはならないとされていても、命を奪うことを平気に思う人などいないだろう。

「政府を説得し、あやかし狩りの命令を中止していただきましょう。私にも、そのお手伝いをさせてください」

　桜羽が身を乗り出して頼むと、冬真は「落ち着け」と言うように桜羽に手のひらを見せた。

「まずは私が話しに行く。お前は邸で待機だ」

　行動したい気持ちを止められ不満に思ったものの、自分がしゃしゃり出て、状況が悪くなるのもよくない。桜羽は素直に「はい」と頷いた。

　その後、焔良と冬真は鬼と陰陽師について会話を交わし、会食は終了した。


　冬真が会計を持つと言ったので、焔良は先に『如月軒』を出ていった。

（焔良と冬真様が少しでも近付いてよかった）

　食事会の前半は険悪な雰囲気だった二人が、後半、和やかに話をしていたことを思い返し、桜羽は嬉しい気持ちで、隣に立つ冬真を見上げた。

「どうした？　桜羽。帰るぞ」

「はい。冬真様」

　桜羽と冬真が連れ立って店を出ようとした時、新たに店内に入ってきた客がいた。ふと顔を向け、相手と目が合った桜羽は、息を呑《の》んだ。

　理知的な顔立ちをした紳士は、鹿鳴館での夜会の折、地下で開催されていた闇のオークションで司会進行役を務めていた葦原幸史だった。

葦原も桜羽に気が付いたのか、「おや」と言うように目を丸くした後、にこりと微笑んだ。こちらに向かって歩み寄ってくる。

桜羽は全身で警戒したが、葦原は桜羽に「こんにちは」と軽く挨拶《あいさつ》をすると、すぐに隣にいる冬真に視線を移した。

「陰陽《おんみよう》寮の月影長官、お久しぶりですね」

「葦原警視殿、ご無沙汰《ぶさた》しております」

冬真が丁寧に頭を下げる。挨拶を交わす二人を見て、桜羽は驚いた。

（二人は知り合い？）

陰陽寮と警視庁は仲が悪いはず。

（もしかして、両者の間に揉《も》め事が多いから、それぞれの代表として、陰陽寮長官の冬真様と警視である葦原様は顔見知りなのかしら）

以前、陰陽師と巡査が街中で喧嘩《けんか》騒ぎを起こした時に、冬真は志堂と共に、巡査が所属している警察署に謝罪に行ったことがある。

疑問の表情で交互に二人を見ている桜羽の横で、葦原と冬真は会話を続けている。

「夏にはまだ早いのに、今日は天気が良くて暑いぐらいだね。ここまで来る間に、汗をかいてしまった。月影長官も、今日は誰かと会食だったのかい？」

「ええ、まあ……」

冬真は曖昧《あいまい》に答えると、桜羽の背に触れた。

「桜羽、表で人力車を捕まえて先に帰っていろ」

「えっ？」

戸惑う桜羽に、いつもよりも優しい声で冬真は続けた。

「私は葦原殿と少し話がある」

闇のオークションに関わっていた葦原。

鹿鳴館の夜会で見かけた陰陽寮の制服を着た人物。

(冬真様は否定したけれど、やっぱり陰陽寮は鬼の子の拐《かどわ》かしに関わっている……？)

「桜羽、早く行きなさい」

ぐずぐずしている桜羽を、冬真が急《せ》かす。

(冬真様と葦原様は、顔見知りなだけかもしれないわ。早とちりしないほうがいいわよね……)

桜羽は努めて考えを切り替えると、葦原と冬真にお辞儀をして、『如月軒』を後にした。

『如月軒』から桜羽が出ていくのを見送った後、葦原が冬真に声をかけた。

「美しいお嬢様ですね、桜羽嬢は」

にこりと笑った葦原を見て、冬真の眉《まゆ》がぴくりと動く。

「あの子のことを、なぜご存じなのですか？」

「先日、鹿鳴館の夜会でお見かけしました。ダンスにお付き合いいただきまして。なかなかお上手でしたよ」

「あの子はまだ十七です。葦原様のお相手をするには分不相応かと」

「僕は年齢など気にしませんけれどね。あの方は、朔耶嬢の娘さんなのですから」

桜羽の母の名前を出した葦原に、冬真は警戒のまなざしを向ける。葦原はかつて、朔耶に求婚していた男たちのうちの一人だった。

「……あの子は朔耶とは違います」

「あなたが必死に守っている様子を見ると、僕が勘ぐってしまう気持ちもわかるでしょう？」

冬真と葦原の視線がぶつかる。冬真は苛《いら》立《だ》つ気持ちを抑え込み、丁寧に頼んだ。

「葦原警視殿。あの子には関わらないでいただきたい」

(桜羽の周りにはどうしてこうも虫が寄ってくるのか)

桜羽は冬真にとって大切な花だ。月影邸に閉じ込めて、誰にも手折られないように隠しておきたかったのに、桜羽は陰陽寮で働きたいと主張した。あの子の考えを尊重し、許可したが、朔耶のように鬼に攫《さら》われ、あまつさえ葦原に目をつけられてしまうとわかっていたら、絶対に働かせなかったものを。

体の横でこぶしを握る冬真に気付き、葦原が微笑んだ。

「月影長官は桜羽嬢を大事にしておられるのですね」

「……親戚《しんせき》の娘なので」

「それだけではないようにも見えますが……」

葦原がさらに何か言いかけた時、『如月軒』の案内係が慌てた様子で、新たに入ってきた客のもとに飛んでいった。

「ようこそいらっしゃいました。十和田様」

その名前を耳にし、冬真の表情がさらに厳しいものになる。

「今日は十和田卿《きょう》と私的にお約束をしていたんだよ。近々、また君のところに依頼することになると思うから、よろしく」

葦原は冬真にそう言い残すと、十和田に歩み寄り一礼した。

十和田が冬真に気が付いた。ちらりとこちらを見たが、何も言わず、案内係と葦原を伴って店の奥へと姿を消す。

お辞儀をして見送っていた冬真は、二人がいなくなると頭を上げ、苦々しげな表情を浮かべた。

（まさか、葦原殿と桜羽が、十和田卿主催の夜会で顔を合わせていたとは）

冬真は、桜羽を鹿鳴館に連れていった焔良を恨んだ。

（余計なことをしてくれたものだ）

普段の冬真らしくなく、忌々しい気持ちで舌打ちをする。

あの夜、鹿鳴館に小火《ぼや》が起こったことは知っている。

桜羽から、陰陽寮は、鬼の子の行方不明に関係があるのではないかと聞かれた時、冬真は否定したが、桜羽の推測は当たっている。冬真は不本意ながら、「鬼の子を集めてほしい」という、葦原からの依頼を引き受けている。陰陽寮の全ての陰陽師がそれを知っているわけではない。腹心の志堂と、彼の選んだ数人だけが、冬真の命で鬼の子を捜し出し、拉致《らち》する役目を負っていた。

「また君のところに依頼する」と言っていた葦原の食えない笑みを思い出す。

（いつまで利用する気だ）

葦原は冬真が過去に犯した罪を知っている。冬真が葦原の依頼を断れないことをわかっているのだ。

鹿鳴館での夜会の折も、冬真は志堂と共に、鬼の子の「納品」に行っていた。用事が済んですぐに帰ったこともあり、こちらに詳しい事情は伝えられなかったが、オークションは中止になったのだろうと思っていた。焔良が桜羽を巻き込んで、鬼の子供たちを奪還した際に、なんらかの原因で建物に火が点《つ》いたに違いない。

「本当に忌々しい……」

冬真の脳裏に、自信に溢《あふ》れ堂々とした焔良の姿が浮かんだ。

鬼と人の共存を願いたいと言いながら、冬真がさりげなく鬼の一族に関する質問をしても、焔良は手の内を見せなかった。

（向こうも、こちらを完全に信用してはいまい）

「鬼の焰良……か」

得られた数少ない情報を思い返す。彼はいくつかの事業を行っていると話していた。

冬真の口角が上がる。彼はうまく変装していたつもりかもしれないが、こちらは以前から目をつけていたのだ。彼がどこの誰だか、言葉を交わしているうちに確信を持った。

(私は、朔耶を攫い、彼女を孕《はら》ませた鬼と、彼ら一族を許さない)

その末に桜羽が生まれたのだとしても、桜羽の父が冬真から朔耶を奪った事実は変わらない。

あやかし狩りを中止するよう政府に進言すると言った冬真の手を握り、嬉《うれ》しそうに笑った桜羽。あの時の彼女の顔が朔耶にそっくりで、驚くと同時に胸が締め付けられた。

桜羽は焰良を信じ、彼の力になりたいと願っている。このままでは、桜羽までが鬼に奪われてしまう。桜羽が朔耶と同じ道を辿《たど》らないよう、焰良は排除しなければ。

冬真は血塗られた自分の手を見つめた。あの子を守るためなら、いくらでも鬼を狩り、子供だって利用しよう。

——今更、善人には戻れないのだから。


一方、桜羽と冬真と別れた焰良は、通りを歩きながら考えていた。

髪と目を黒に変え、市井の人々に紛れている。

本来の姿でいたのは、冬真に、自分が華劇座の支配人と同一人物だと気付かれたくなかったからだ。

(さて、月影冬真はどう出るかな)

本当に政府にあやかし狩りの中止を進言してくれるのだろうか。

桜羽は信じたくないようだったが、陰陽《おんみょう》寮と冬真が子供たちを攫っていたことを、焔良は確信している。

未《いま》だ行方不明の子供たちを捜し出したい。そのためには冬真から情報を引き出す必要がある。本当は今すぐにでも問い質《ただ》したいが、冬真に警戒されては困る。

(あやかし狩りがなくなれば、こちらの命の危険が減り、もう少し動きやすくなるんだがな)

会食の際、冬真は焔良に対し、さりげなく、焔良自身のことや鬼の一族に関する質問をしてきた。焔良は当たり障りのない答えを返し、陰陽寮や政府の動向について聞き返したが、冬真もまた言葉を濁した。

(狐め)

桜羽には、鬼と人の共存に手を貸す姿勢を見せていたが、本音は違うだろう。冬真は心の底から鬼を憎み、理解を拒んでいる。

けれど、桜羽は、育ての親である冬真を信頼している。

桜羽と再会し、ひと月共に暮らし、嫌というほど気付かされた。

――彼女は焔良のことを爪の先ほども覚えていない。

昔、桜の下で交わした約束を想い、焔良は切ない笑みを浮かべた。

＊

深夜。冬真は、使用人たちが全て寝静まった静かな月影邸の中を、足音も立てずに歩いていた。

美しく整えられた庭園の青々とした苔《こけ》に、月の光が跳ねている。

桜羽の部屋の前まで来ると、そっと障子を開けた。月を背にした冬真の影が畳の上に落ちたが、桜羽は目を覚ます様子もなく、すやすやと眠っている。

綿布団を被《かぶ》る桜羽のそばへ近付き、冬真は膝《ひざ》をついて顔を覗《のぞ》きこんだ。熟睡しているようだが、時折、口元に笑みが浮かぶのは、楽しい夢でも見ているからだろうか。

陰陽寮に戻ってきた彼女の神力が僅《わず》かに高まっているのに気付き、嫌な予感はしていた。

「……鍵《かぎ》が綻《ほころ》びかけているようだな」

今日、焔良と再会し、綻びはさらに大きくなった。

冬真はすっと目を細めた。手を伸ばし、桜羽の額に触れる。小さな声で呪《まじな》いの言葉を唱えると、桜羽の表情が苦しげなものに変わった。

「悪夢を見せるのはかわいそうだが……仕方あるまい。これでまた封じられたはず」

手を頬に滑らせ、白く柔らかな肌を撫《な》でる。

桜羽の瞼《まぶた》がぴくりと動いた。

起こさないようにと、桜羽の顔から手を離す。

「お前は私だけの花。誰にも摘み取らせはしない」

冬真は眠る桜羽に囁《ささや》きかけると、衣擦《きぬず》れの音もさせずに立ち上がり、部屋を後にした。

*

焔良との会食が終わってから五日後、桜羽は陰陽寮に復帰した。

冬真があやかし狩りを中止するよう政府に働きかけると約束してくれたものの、一朝一夕にはかなわない。それまでは陰陽寮は職務として、あやかし狩りを続けなくてはいけない。桜羽にはもう、鬼やあやかしを敵視する気持ちはないが、復帰を決意したのは、陰陽寮の内部にいれば、いざという時に彼らを守れるかもしれないと考えたからだ。

「復帰したい」と冬真に申し出ると、「桜羽はこれ以上、陰陽寮と鬼の問題に関わらなくていい」と反対された。

もともと、冬真は、桜羽に陰陽寮に入ってもらいたくないと思っていたらしい。育ての親の本心を、先日初めて知り、桜羽は驚いた。

（私の手を血で汚したくなかったと言ってくださっていたけれど……。冬真様は鬼に対して容赦のない方。政府が正式にあやかし狩りを中止するまでは、やはり心配。知己が危険な目に遭うかもしれないのに、じっとしているなんて無理だわ）

冬真への疑いを口にするわけにはいかない。桜羽は「鬼と人の共存を願う者として当事者でありたい。私を無責任な者にしないでください」と言って、冬真を説得した。

久しぶりに陰陽寮に出勤すると、桜羽の顔を見るなり、詰め所にいた斎木が抱きついてきた。

「桜羽さん、お帰り！」

「きゃっ！　さ、斎木君？」

背中に腕を回され、ぎゅうっと抱きしめられてびっくりする。

「あっ、ごめん！」

斎木は驚いている桜羽に気付くと、慌てて体を離した。

「桜羽さんの無事な顔を見たらつい」

頬を掻《か》いて恥ずかしそうにしている斎木を見て、胸が温かくなる。

「心配してくれていたのね。ありがとう。それから、ごめんなさい」

桜羽が謝罪すると、斎木は慌てたように手を横に振った。

「謝らなくていいよ！　むしろ、桜羽さんが危ない目に遭っていたのに気付かなくて、俺のほうこそごめん」

「あの時は私が勝手に鬼女を追いかけていったから……」

「いいや、俺がもっと周りに注意をしていたらよかったんだ」

相手を庇《かば》い合っているうちに、なんだか可笑《おか》しくなってきてしまい、二人は顔を見合わせて「あはは」と笑った。

斎木が手近な椅子を引いて腰を下ろしたので、桜羽も同じように座る。二人で向かい合い、一ヶ月と少しの間に何があったのか話し始めた。

「桜羽さんは鬼の邸《やしき》にいたんだろ？　どんな感じだった？　危なくなかったの？」

興味津々の斎木に、桜羽は苦笑した。

「危なくなかったわよ。あの人は……」

桜羽はその先の言葉を心の中でつぶやいた。

(優しかった)

桜羽の穏やかな表情を見て、斎木が意外そうな顔をする。

「不自由はしていなかったんだね」

「閉じ込められてはいたわよ。でも、お世話をしてくれる子もいたし、毎日のご飯もおいしかったわ」

「へえ！　お嬢様みたいに至れり尽くせりだったんだね。……って、桜羽さんはもともと月影家のお嬢様か。きっとそのうち、いい人とお見合いをして、結婚するんだろうね」

斎木がどこか寂しそうに笑う。彼の微笑みに僅かに距離を感じ、桜羽は首を横に振った。

「お嬢様なんてたいそうな者ではないわ。私は月影家の血を引いていても神力が僅かしかない落ちこぼれよ。おしとやかな性格でもないし、誰も結婚したいなんて思わないわ」

苦笑して肩を竦《すく》めると、

「そ、それならさ……」

斎木が身を乗り出した。

「お、俺……」

頬を赤くして何か言いかけた斎木だが、その先の言葉が続かない。

桜羽が「ん？」と軽く首を傾げて続きを待っていたら、斎木は宙を見たり床を見たりして葛藤《かっとう》した後、がくっと肩を落とした。

「まだいいや……。一人前になってから言う」

「……？」

なぜか一人で完結してしまった斎木がそれ以上何も言わないので、桜羽は話題を変えた。

「陰陽寮《おんみょう》はどうだった？」

「特別なことは何もなかったよ。あれから鵺《ぬえ》も現れないし、巡回回数もいつも通りに戻った」

斎木は気を取り直したように、桜羽がいなかった間の様子を教えてくれた。

焔良の邸にいた時、矢草が使役していた鵺はどこから来たのかと聞いてみたことがある。焔良は、姿形が特殊で人の世で暮らすのが難しいあやかしたちは、帝都郊外の山の中で、一部の鬼たちと共に隠れ棲《す》んでいるのだと言っていた。そこは、あやかしの隠れ里のようなものらしい。

「私がいない間に、十和田外務大臣主催の夜会があったでしょう？」

桜羽はさりげなく斎木に夜会の話を振った。

「ああ、そういえばそうだったね。大きな夜会らしいって、陰陽寮でも噂になっていたっけ。それがどうかした？」

「陰陽寮から誰か警備に呼ばれた人がいたのかしらと思って。そんなに大きな夜会、私たちが招待されることもないから、どんなものなのか見てみたかったなと思ったの」

会場で陰陽寮の制服を来た人物を見かけたと言えばいいのかもしれないが、そうしたら桜羽があの夜、鹿鳴館にいたことを説明しなくてはならない。話も長くなるし、陰陽師が闇のオークションに関わっていたかもしれないという疑念を、斎木に知らせていいものか迷う。

「それなら、長官と志堂さんが行っていたかも。勤務表に夜間巡回って書かれていたけど、その日に、たまたま二人が話しているのを聞いたんだ。十和田外務大臣がどうのとか、夜会がどうのとか言っていたような気がする」

（志堂さんと冬真様が、あの夜、鹿鳴館に？　では、私が見かけた陰陽師は、二人のうちのどちらか……？）

斎木の話を聞いて、不安が沸き起こる。

表情を強《こわ》ばらせた桜羽に気付き、斎木が心配そうに顔を覗《のぞ》きこんだ。

「大丈夫？　もしかして、体調が悪かったとか？」

「いいえ、大丈夫。なんでもないわ。ちょっと玄関の勤務表を見てくるわ」

いてもたってもいられなくなり、桜羽は扉へ向かった。

「急にどうしたの？」

「斎木君は気にしないで」

ついてこようとした斎木だが、桜羽と入れ違いに詰め所に入ってきた先輩陰陽師に「斎木、そろそろ巡回の時間だぞ」と呼ばれ、足を止めた。

桜羽は先輩に会釈をすると、詰め所を出た。まっすぐに玄関に向かう。

陰陽寮の玄関には掲示板があり、陰陽師たちの当日の行動予定が記された勤務表が掛けられている。桜羽は寮内待機と書かれていて、冬真は内務省へ出張中だ。

「夜会は先月の月末だったから……ああ、これね」

桜羽は下に重なっている勤務表をめくり、該当日の冬真と志堂の予定を確認した。

「確かに夜間巡回になってる……」

桜羽は首を傾げた。長官である冬真が巡回に出ることは稀《まれ》だ。

「志堂さんも夜間巡回……。長官と副官が同時に巡回だなんて、よほどのあやかしが出たのか……やはり鹿鳴館の警備……？」

今度は順番に他の同僚たちの勤務も確認していく。すると、末廣と毒島の組み合わせで夜間巡回に出ている日が多いことに気が付いた。

大規模な討伐の時に連携が取れるよう、お互いの能力を把握しておくため、巡回の相方は固定されていない。二十人しかいない陰陽寮なので、同じ組み合わせが重なることもあるのだが、二人の組み合わせは、他の者に比べて頻繁だ。

（二人と同じ日に志堂さんが夜間巡回に出ていることも多いわ）

不自然さに首を傾げていると、まさに当人たちが玄関から寮内に入ってきた。末廣と毒島は桜羽の姿を見つけ驚いた顔をした後、すぐにニヤニヤ笑いを浮かべた。

「鬼に攫《さら》われていた姫が帰還したと聞いていたが、まさか陰陽寮に戻ってくるとは思わなかった」

末廣が呆《あき》れたように肩を竦めると、毒島も嫌みたらしく、

「鬼のいいようにされた身のくせに、陰陽師として復帰するなんて、恥ずかしくないのかね」

と嗤《わら》った。

「そのまま鬼に囲われて、妾《めかけ》にでもなればよかったんじゃないか？」

「長官殿が恋しくて帰って来たんだろう。いじらしくて泣けるなぁ」

焔良と冬真のことまで揶揄《やゆ》され怒りを感じたが、桜羽はぐっと堪《こら》えて、二人に微笑み

を向けた。

「先輩方にはご心配をおかけして申し訳ございませんでした。今後はこのようなことがないよう精進しますので、ご指導ご鞭撻《べんたつ》のほどお願い致します」

反論してこない桜羽を見て、二人の表情が歪《ゆが》む。きっと生意気な小娘だと思っているのだろう。

言い返すと、肝が据わった。桜羽は流れのままに、二人に問いかけた。

「時に、末廣さん、毒島さん。お二人は仲が良くていらっしゃいますが、巡回も一緒になるよう、志堂さんに頼んでおられるのですか？」

勤務表に目をやりながら尋ねると、二人は真顔になった。

「志堂副官が決めていることだ。別に俺たちが希望を出しているわけじゃない」

「俺たちは副官に呼ばれているから、長々とお前にかまっている暇はない。つまらないことを聞いていないで、自分の仕事に戻ったらどうだ？　鬼に囚《とら》われている間、陰陽寮での仕事がおろそかになっていたんだからな」

末廣が歩きだし、毒島も嫌みを残して後に続く。横を通る時、彼らは憎々しい目で桜羽を睨《にら》んだ。

（なんだろう。私の話を、あえて逸《そ》らしたみたいに感じる……。何か後ろ暗いことでもあるのかしら。気になるわ……）

もう少し会話を聞いてみようと、階段を上っていった二人をこっそり追う。

二階には、志堂の副官室、冬真の長官室の他に、休憩用の仮眠室や、資料室など、いくつかの部屋がある。

十分距離をとりながら、二人をつける。

「まさか桜羽が戻ってくると思わなかった。鬼に殺されていれば、せいせいしたのにな」

「長官の身内だからといって、女のくせに偉そうな顔しやがって。俺たち庶民は、必死に金を稼いでるんだ。陰陽寮は、何不自由なく育ったお嬢様がお遊び気分で来るような場所じゃないんだよ」

二人の悪口を聞いて、桜羽は眉《まゆ》をひそめた。

（言いたい放題ね……）

二人に嫌われているとは思っていたが、ここまでだったとは。

桜羽の存在に気付かず、末廣と毒島の会話は続いている。

「金と言えば、報奨金の支払いが渋いと思わないか？　鬼の子一人につき壱円なんてやってられないね。オークションでは高値がつくんだろう？」

末廣の言葉を聞いて、息が止まる。

（鬼の子一人壱円？　末廣さんは、オークションのことを知っている？）

毒島も末廣の愚痴を聞いて頷《うなず》く。

「しかも最近は鬼側の警戒も強くなって、前ほど捕らえられないしな」

桜羽の顔から血の気が引いていく。子供たちを攫っていた陰陽師とは、末廣と毒島だったのか。衝撃を受けながらも、二人ならやりそうだと納得する。問題は、彼らが独断で行動していたのかどうかということだ。

二人は副官室の扉を叩《たた》くと、中へ入っていった。

桜羽は足早に副官室へ向かい、扉に耳をつけた。

「志堂副官、お呼びでしょうか？」

中から、末廣のあらたまった声が聞こえてくる。

「私たちもちょうど副官にお願いがございまして……」

毒島の声も聞こえたが、志堂の声はうまく聞き取れない。なんとか話の内容を確認しようと耳をそばだてていると、ふと室内の会話がやんだ。

（気付かれた？）

急いでその場を離れようとしたが、階段を上がってくる足音を耳にし、ドキッとした。誰が来たかわからないが、副官室の前にいたところを見られたら、話を盗み聞きしていたことを志堂に知られてしまうかもしれない。

（誰かが仮眠室に休憩に来たのかしら。素知らぬふりをしてすれ違う？　それとも、仮眠室へ急いで、寝ているふりをする？）

仮眠室までは距離があるが、それが一番いいかもしれない。歩きだそうとした時、副官室の扉の取っ手が動いてぎょっとした。

(志堂さんが出てくる?)

勤務表に、本日冬真は出張と書かれていたことを思い出し、桜羽は咄嗟《とっさ》に副官室の隣にある長官室の扉を開けた。するりと中に入り、息をひそめる。

すると、少しの間の後、長官室の取っ手が回る音がした。

(えっ! 誰か入ってくるの? 志堂さんかしら)

隠れられるところはないかと周囲を見回す。急いで事務机の下に潜り込み、できるだけ身を縮める。

緊張しながら机の下で小さくなっていたら、「桜羽」と名を呼ばれた。聞こえてきたのが冬真の声で、桜羽の心臓が跳ねた。

(出張から、お戻りになっていたの?)

「出てこい。裾《すそ》が見えている」

厳しい声音で命じられ、桜羽はおずおずと机の下から這《は》い出た。

「何をしていた? 勝手に長官室に入り、隠れていた理由を言え。いくら身内でも、許されないことがある」

桜羽は立ち上がり、冬真に頭を下げた。

「申し訳ございません」

冬真の傍らで志堂が、桜羽に冷たい目を向けている。二人を前にして言い逃れはできないと、桜羽は覚悟を決めた。

「ご報告したいことがあります。私は先ほど、末廣さんと毒島さんが、鬼の子供の拐《かどわ》かしについて話しているのを聞きました」

桜羽は冬真と志堂の顔を交互に見て、はっきりとした口調で告げた。

「冬真様は以前、陰陽寮《おんみょう》の陰陽師は、鬼の子を攫っていないと言っておられましたね。そのようなことをしている者がいれば、自分が気付かないはずはない、と……。本当に、気付いていらっしゃらなかったのですか？　彼らには報奨金が出ていたようです。独断で行っていたとは思えません。もしや……」

そうであってほしくないと一縷《いちる》の望みを抱きながら尋ねる。

「命じておられたのは、冬真様ではないのですか？」

心臓が緊張で早鐘を打っている。

冬真がちらりと志堂を見た。志堂は苦々しい表情を浮かべている。冬真は副官の様子で全て察したのか、厳しい声を出した。

「志堂。迂闊《うかつ》だな。桜羽にだけは気付かれないように、と言っていたはずだが？」

「……面目次第もございません」

志堂が深く頭を下げる。

冬真は重い溜《た》め息をつくと、桜羽の目をまっすぐに見つめた。

「ああ、その通りだ」

短い答えを聞いて、桜羽の顔が悲しみで歪む。両手を固く握りしめ、できるだけ冷静な声で質問を続けた。

「なぜ、そのような非道なことをなさっていたのですか？」

「とある方から、命令を受けていたのだ。鬼の子供たちを集めろ、と」

「それはどなたですか！」

叫びながらも、桜羽には思い当たる節があった。

（十和田外務大臣）

彼が主催する夜会で行われていたことなのだから、無関係とは思えない。そう考えて、はっと気が付いた。

「もしやあれは、外交の一環だったのですか……？」

オークション会場には、外国の公使の姿もあった。

鬼は人よりも美しく、不思議な力を持つ稀有《けう》な一族。上流階級層の人々は、愛玩《あいがん》動物のように、鬼の子たちを手に入れようとしたのではあるまいか。

何かに利用するためだったのか、ただ物珍しさでそばにおきたかっただけなのかはわからないが、大人の鬼は無理でも、子供なら御せると思ったのかもしれない。

「子供を物のようにやりとりするなんて、許せません！」

激高する桜羽を、志堂が窘《たしな》める。

「上層部からの命令を拒否する権利など、我々にはありません」

悪びれない様子の志堂を見て、目眩《めまい》がした。よろめいた桜羽に、冬真は感情の籠《こ》もらない声で言い聞かせた。

「この話は忘れろ。お前は関わってはいけない」

「そのようにおっしゃるのなら、どうしてそんなひどい命令を受け入れているのですか！」

桜羽の悲痛な叫びを、冬真は静かに受け止めた。

「政治上の問題だ。お前が口を挟むことではない」

これ以上何も話すことはないと言うように拒絶され、悔しさで唇を噛《か》む。

志堂が長官室の扉を開けた。出ていくようにと無言で促す。

冬真の顔を見ていられず、背を向ける。長官室を出ていく時、志堂が桜羽に向かって、低い声で囁《ささや》いた。

「月影、命が惜しければ、他言は無用だ」

桜羽は志堂をひと睨《にら》みした。背後で長官室の扉が閉まる音がする。

唇を震わせ、泣きたいような気持ちで扉を見つめた後、桜羽は階段を駆け下りた。

＊

陰陽寮を飛び出した桜羽は、混乱状態に陥りながら、無我夢中で華劇座に走った。

躊躇《ためら》うことなく正面玄関を入り、階段を駆け上っていく桜羽を、案内係の女性たちが、ぽかんとした表情で見送っている。

息を切らせて三階まで行くと、支配人室の扉を勢いよく開けた。

「桜羽？」

事務机に座り、書類の処理をしていた焔良が振り返り、いきなりやってきた桜羽に目を丸くする。

「焔良……」

焔良の顔を見た途端、桜羽の目から涙がこぼれた。焔良が椅子から立ち上がり、急いで桜羽のそばへやってくる。

「どうした？　何かあったのか？」

「話があって来たの」

頬を濡《ぬ》らす涙を手の甲で拭《ぬぐ》いながら、すぐさま話しだそうとした桜羽の背に触れて、焔良が長椅子へと連れていく。

「とりあえず座れ」

肩を押さえられ、桜羽は素直に長椅子に腰掛けた。泣いている場合ではないと必死に袖《そで》で目元を拭《ふ》く。

隣に腰を下ろした焔良は、桜羽の膝《ひざ》に手を置いて、気持ちが落ち着くのを待っている。

どうにか嗚咽《おえつ》が収まった後、桜羽は、冬真と志堂から聞いた話を焔良に伝えた。

「鬼の子供たちの拐かしは、冬真様の指示だったの。政府から命令を受けて、上流階級層の人々や外国の賓客をもてなす催しのために集めていたのよ」

そう説明するだけでも、嫌悪感で吐き気がこみ上げてくる。

口元を手で押さえる桜羽の背を撫《な》でながら、焔良が静かな声で言った。

「……やはりそうだったか」

「えっ？」

桜羽は驚きで固まった。

「焔良は冬真様を最初から疑っていたの……？」

「陰陽師が動いている時点で、陰陽寮長官が知らないはずがないだろう」

「どうしてそう言ってくれなかったの……！」

冬真の口から真実を聞く前に教えてくれていたら、ここまで衝撃を受けなかったかもしれない。冬真に対して、もっと警戒することもできたはずだ。

「お前は冬真を親だと思い慕っていた。そんなお前に、本当のことは言えなかった。何も知らせないままに、これらの問題は、俺のほうで解決するつもりだったんだ」

「そうだったのね……。私、冬真様がわからない。冬真様はまだ何か、私に隠していることがあるような気がする……」

桜羽は会食の時、やけに焔良に敵意を向けていた冬真の様子を思い出した。相手が鬼の頭領だから警戒していたのだろうと思っていたが——

（そういえば、あの時、冬真様は焔良に挨拶《あいさつ》をしなかった。焔良からも……。まるでと

っくに、お互いのことを知っていたように）

そう考えて、二人の言葉の端々に、初対面同士にしては不自然さがあったことに気付く。

「焔良。もしかして……二人は以前から知り合いだったの？」

「知り合いといえるかどうか……難しいところだな」

桜羽の疑問を聞き、焔良の瞳《ひとみ》に悲しみが浮かんだ。

その表情を見て不安にかられる。

（私、何かを間違えているのかもしれない）

焔良は、桜羽の母を殺したのは自分ではないと言っていた。焔良の邸《やしき》にいた時、桜羽は一度も、彼が母を殺す夢を見なかった。夢の中に現れた両親は仲睦《なかむつ》まじく、幼い自分は少年の焔良に可愛がられていた。

月影邸に戻ってからしばらくして、幸せな夢は再び悪夢へと変わった。夢の中で、母はやはり焔良に殺され、桜羽は冬真に助けられた。

（そういえば、夜中に、冬真様が私の部屋に入ってきた日があったわ。あれは確か、焔良との会食の後……）

薄ぼんやりとしか覚えていないが、彼が桜羽の部屋を出ていく後ろ姿を見たような気がする。記憶があやふやだったし、養い親とはいえ、冬真が年頃の女子が眠る部屋に入ってきたとわかればお互いのためにならないと、口をつぐんでいたのだが――

違和感を覚えたが、それが何かわからない。

「教えて、焔良。あなたが、冬真様のことを前から知っていたのだとしたら、その理由を……」

桜羽の懇願に、焔良は深く沈んだ声で答えた。

「お前には酷な話だが、それでも聞く覚悟はあるか？」

焔良の口ぶりに怖くなったが、今はどうしても冬真のことが知りたい。

「聞かせて。私、どんな真実も受け入れる」

桜羽は焔良を見つめて、毅然《きぜん》とした声で促した。桜羽の決心を聞いた焔良は一瞬痛々しげな表情を浮かべたが、一つ頷《うなず》いた。

「お前の母、朔耶を殺したのは――月影冬真だ」

焔良の口ぶりから、つらい話になるだろうとは思ったが、予想以上の真実を聞いて、意識が遠のきそうになる。傾いだ桜羽の体を、焔良が急いで支えた。

「嘘……」

「嘘ではない。桜羽、本当に聞きたいか？」

桜羽は焔良の腕にすがりつきながら頷いた。焔良が桜羽の手を取り、励ますように握った。

「お前の母、朔耶が、月影家の長女だったことは知っているな？　彼女は優秀な陰陽師《おんみょうじ》だったが、一族の者から女は頭領にはなれないと言われて、早く婿を取るようにと命じられていた。朔耶はとても美しい女だったが、気が強く、意に沿わない相手と結婚するつもりはないと、縁談を全て断っていた」

八歳以前の記憶を失っているため、母の人となりにはピンとこなかったが、桜羽は黙って焔良の話に耳を傾けた。

「頭領にはなれなくとも、彼女は実直に陰陽師としての使命を果たしていた。毎晩のように帝都を巡回し、鬼やあやかしを見つけては、片っ端から切り伏せていたんだ。――そんなある夜、彼女は一人の鬼に出会った。それがお前の父、瑞樹だよ。先代の頭領である俺の父、玖狼が信頼を寄せていた右腕で、強い妖力《ようりょく》を持つ男だった。瑞樹は、仲間を殺して回っている陰陽師を討つよう、父に命じられていたんだ。だが、朔耶に出会った瑞樹は、彼女を殺すことができなかった。朔耶もまたそうだった。二人は一瞬で恋に落ちたんだ」

「でも、お母さんは鬼を殺していた陰陽師で、お父さんはお母さんを殺しに来た鬼だったんでしょう？　そんなの、許されない恋だわ……」

運命だとか、甘美な恋だとか言って、片付けられる問題ではない。

焔良は切なく微笑んだ。

「だから、二人は逃げた。朔耶は月影氏流の陰陽師という立場を捨て、瑞樹は頭領の父のもとから去った」

「……そんな……」

家族と仲間を捨てた両親を思い、桜羽の胸が締め付けられる。

「無責任だと思うか？　でも、それほどまでに二人は一緒になりたかったんだ」

「それで、お母さんとお父さんはどこへ行ったの……？」

「帝都から遠く離れた修験道の聖地へ。その山で小さな茶屋を営みながら、二人は静かに暮らし始めた」

夢の中の光景と焔良の話が重なる。あの茶屋は現実に存在したのだ。

（では、あの夢は何？）

赤髪の少年が、母を惨殺する夢。あの少年は、紛れもなく焔良だ。

なぜ自分は、焔良が母を殺す場面を繰り返し見るのだろう。

戸惑う桜羽の手を強く握り、焔良は話を続けた。

「一年後、二人のもとに娘が生まれた。それが桜羽だ」

桜羽の誕生を祝福するかのように、焔良は桜羽を見つめ、微笑んだ。

「桜羽は二人に愛されて、健やかに育った。一方、俺の父は行方不明になった瑞樹を捜し続けていた」

「それは、お父さんを連れ戻すため？　それとも、仲間を裏切った罰を与えるため？」

不安になって尋ねた桜羽に、焔良は首を横に振ってみせる。

「父には、鬼の一族を裏切って逃げた瑞樹を責める気持ちはなかった。ただ、親友がどうしているのか心配していただけなんだ。お前が二歳の時に、父はやっと瑞樹を見つけ出した。それからは年に数回、瑞樹を訪ねるようになった。子守役として、俺を連れてな」

幼い頃の桜羽を思い出したのか、焔良の顔が懐かしそうに綻《ほころ》ぶ。

「可愛かったんだぞ、子供の頃のお前は。素直で」

冗談交じりの彼の言葉に、普段の桜羽だったら「今は素直じゃなくて悪かったわね」と言い返しただろう。けれど今は、そんな気力などない。

焔良は元気のない桜羽の頭を一度撫でると、さらに話を続けた。

「そうして数年が経ち、お前が八歳になった時に悲劇が起こった。その日も、俺と父は瑞樹と朔耶のもとを訪れていた。茶屋に一泊させてもらって、俺が夜にお前を寝かしつけている間、父は瑞樹と酒を酌み交わしていた。楽しい夜だったよ。翌朝、俺たちが帰るのをぐずるお前に『また来るから』と約束して、父と共に山を下りたんだ。だが、父が突然『胸騒ぎがするから、茶屋へ様子を見に戻る』と言った。俺たちは急いで茶屋に向かった。——あの時の衝撃は忘れられない。瑞樹と朔耶はお互いを庇《かば》うように重なり合って倒れていた。お前は両親にすがりついて泣いていたよ。そのそばに、血のついた刀を下げた少年が立っていた。彼が二人を殺したのだと、すぐにわかった」

桜羽の顔から血の気が引く。

「激高した父は少年を殺そうとしたが、彼は一人ではなく、仲間を連れていた。我を失っていた父は背後からの攻撃に気付かず、命を落とした。俺は桜羽を助けようとしたが、朔耶と瑞樹を殺した少年と奴の仲間のほうが一枚上手で、力が及ばなかった」

「その少年が冬真様だったということ？　冬真様はどうして従姉《いとこ》の母を殺したの……？」

冬真が身内を殺すなど信じられない。

「一族を裏切って、鬼のもとへ走ったからじゃないか？　彼女から鬼側への情報漏洩《ろうえい》を恐れたのかもしれない」

「何年もの間、放っておいたのに？」

「見つけられるまで、時間がかかったんだろう」

焔良の推測に、桜羽は不自然さを感じたが、それについて深く考える気持ちの余裕はなかった。

淡々と話す焔良の声がやけに遠くに聞こえる。桜羽が夢に見ていた母を殺した少年は、焔良ではなかった。

「お前が冬真に連れ去られたことはわかっていた。俺はすぐにお前を取り返そうとしたよ。月影邸に忍び込んで、お前を連れていこうとしたんだ」

当時のことを思い出しているのか、焔良の瞳に悲しみが浮かぶ。

「お前はなぜか、俺の顔を見るなり泣き叫んだ。『助けにきた』と言っても、『怖い鬼、どっかへ行って』と言って、逃げ回った。両親を目の前で殺されたから、お前の記憶が一時的に混乱しているんじゃないかと思って、その後も何度か行って話をしてみたんだが、お前は俺のことを全く覚えておらず、思い出す気配もなかった。ただひたすら冬真のことを慕って、『冬真様、助けて』と叫んでいた」

「私、全然覚えていない……」

兄のように慕っていた焔良が迎えに来たのなら、幼い桜羽は喜んでついていっただろう。どうして自分は、両親を殺した冬真のもとから逃げなかったのだろうか。記憶の齟《そ》齬《ご》はなぜ起こったのだろう……。

「冬真は俺が桜羽を連れていこうとしているのに気付き、俺が入れないよう、月影邸に強力な結界を張った」

焔良が苦々しげな表情を浮かべる。

「お前がなぜ俺を忘れたのかはわからない。でも……冬真に引き取られたお前は幸せそうだった。冬真もお前を可愛がっているみたいだったから、本当に懐いていたんだろう。同じ血を持っているのだから、他人の俺よりも結びつきが強かったのかもしれない。それに、お前は半分人間だ。人の世と鬼の世界、どちらで生きるかはお前が決めることだ。俺はお前のことを、もう諦《あきら》めようと思った」

自分の不甲斐《ふがい》なさを悔いるように苦笑した焔良を見て、胸が苦しくなる。焔良は幼い桜羽を可愛がってくれたのに、危険を冒して敵地ともいえる月影邸にまで来て助け出そうとしてくれた兄代わりだった人を、自分は拒絶したのだ。

「ごめんなさい……本当にごめんなさい……」

何度も謝る桜羽を、焔良がそっと抱き寄せた。

「誤解が解ければそれでいい。お前は今、俺のそばにいる。そのことが嬉《うれ》しい」

頭を何度も撫《な》でられて、桜羽の頰に再び涙が流れた。


気持ちが落ち着くと、桜羽はあらためて焔良と向かい合った。

「冬真様は本当に、鬼と友好関係を結ぶおつもりなのかしら。長い間、私に嘘をついていた冬真様を、今は信じることができない……」

「桜羽のその気持ちはわかる。会食の時の冬真の様子を見て、俺も、奴を完全に信用してはいけないような気がした」

焔良が桜羽に同意する。桜羽はそんな彼の言葉に傷ついている自分に気が付いた。

(鬼と人が理解し合い、友好的な関係を築きたいという私の思いは、冬真様には少しも伝わっていなかったのかしら)

冬真は母を連れ去った父を憎んでいる。父を殺した後は、鬼の一族全てに、憎しみの気持ちを向けた。そのような人に、鬼と友好関係を結ぼうと提案するのは、土台無理な話だったのだろうか。

唇を嚙《か》む桜羽の頭を、焔良が優しく引き寄せた。

「お前は信じられないと言いながらも、それでも冬真を信じたいんだろう？　奴がなんらかの思惑を持っていたとしても、ここまでお前を育てたのは事実なんだからな」

慰めるように、焔良は何度も桜羽の髪を撫でる。

「お前が信じるなら、俺も冬真を信じよう」

桜羽は驚いて焔良の顔を見上げた。

「焔良は鬼に対して、数々の非道を行ってきた冬真様を許せるの？」

「許せるかと言われれば、許せないな」

焔良の瞳《ひとみ》に暗い炎が灯《とも》る。けれど、それを意志の力で消して、彼は言葉を続けた。

「許せないが、この先もずっと憎しみ合っていてどうする。殺し合いは不毛だ。俺は一族を守り、彼らが平穏な生活を送れるようにしたいだけだ」

切ない気持ちが溢《あふ》れ、桜羽は焔良に抱きついた。

「どうしてあなたはそんなに優しいのよ……。私が信じたいと思っているから、仇《かたき》である冬真様を信じるだなんて、馬鹿だわ……！」

「馬鹿とはひどい言いようだ」

焔良が小さく笑う。

「お前のまっすぐな気持ちが、冬真に伝わるよう願っている」

桜羽の頰を両手で挟み、勇気づけるように焔良が微笑んだ。

様々な気持ちが胸の中に渦巻き、桜羽の目尻《めじり》に涙が浮かんだ。子供のように頼りない顔で泣く桜羽を抱き寄せて、焔良がトントンと背中を叩《たた》く。その感触が懐かしくて、桜羽は目を閉じた。

こんなに近くにいて優しくしてくれても、焔良にとっての自分は、きっと妹のようなものなのだろう……。

しばらくの間、抱き合った後、桜羽は焔良から身を離した。

「さて、お前はこれからどうする？　月影邸へ戻るか？」

桜羽は逡巡《しゅんじゅん》したが、焔良の上着を摘《つ》まんで首を横に振った。

「そうか。では我が家へ帰ろう」

焔良はそう言うと、桜羽の腰に手を回し、軽々と抱き上げた。

第四章

鳥のさえずりが聞こえ、桜羽は目を覚ました。朝の柔らかな光が、硝子《ガラス》窓から差し込んでいる。

「…………」

背中にぬくもりを感じて振り向くと、桜羽を抱きしめて眠る焔良の姿があった。

夢を見ているのか、長いまつげが時折揺れているのを眺めながら、桜羽はぼんやりと昨日のことを考えた。

(私、焔良の邸《やしき》に戻ってきたのね……)

冬真の真実を聞いて混乱し、月影邸へは戻りたくないと言った。

(焔良に抱っこされて眠るの、なんだかとても懐かしくて安心した)

記憶がないとはいえ、幼い頃のことを、体が覚えているのだろうか。

赤い髪に触れて掻《か》き上げてみる。思っていたよりも柔らかい。

顔を覗《のぞ》きこんでいたら、焔良の目がゆっくりと開いた。桜羽に気付き、ふわりと笑う。

「おはよう。お姫様」

「……おはよう」

気恥ずかしくて顔を背け、焔良の腕から抜け出し、寝台から滑り降りた。

「私、着替えてくるわ」

「ああ」

横になったままの焔良に見送られ、自室へと戻ると、すぐに心花がやってきた。

「桜羽様。おはようございます」

満面の笑みで挨拶《あいさつ》をする彼女を見ていると、心が癒《い》やされる。

心花のように人の姿をとることのできるあやかしだけでなく、鵺《ぬえ》のような異形のあやかしたちも、いつか人と共に暮らせたらいいのにと願う。

ふと思いついたことがある。かつてあやかしたちが人に害をなしていた理由――あやかしは人の恐れが形を取ったもの。人々は恐れを排除しようとした。あやかしたちはそれに抵抗し、結果的に人を傷つけた。――それが真相だったのではないだろうか？

正体がわからず、理解のできない相手は怖い。なら、相手のことを知ればいい。

桜羽は膝《ひざ》をつくと、小柄な心花を抱きしめた。

「桜羽様？」

突然の抱擁を不思議に思っている心花に、桜羽は心からお礼を言った。

「心花、私のそばにいてくれてありがとう。優しいあなたが大好きよ」

その言葉が嬉しかったのか、心花も桜羽に抱きついた。

「私も桜羽様が大好きです！」

（妹がいたら、こんな感じだったのかしら）

桜羽は心花を離し、微笑みかけた。

＊

陰陽寮《おんみょうりょう》を飛び出し、焔良の邸で過ごして七日が経った。

月影邸に戻らない桜羽を、冬真がどう思っているのかわからないが、連絡する気には、まだなれない。焔良は、桜羽が冬真を信じるなら自分も信じると言ってくれたが、気持ちの整理はつかないいままだ。

最近の焔良は忙しそうだ。朝餉《あさげ》もそこそこに出かけていくので、仕事が立て込んでいるのなら手伝おうかと聞いてみたら、彼は「調べものをしているだけだから、気にするな」と言葉を濁した。

焔良が出勤した後、桜羽はサンルームに移動し、硝子窓を開けて外へ出た。庭園の薔《ば》薇《ら》は満開で、様々な品種が美を競っている。

初夏の風が薔薇の枝をそよがせた。乱れた髪を耳にかけながら、心に浮かぶのは冬真の顔だ。

(冬真様は今もまだ、あやかし狩りを続け、鬼の子たちを攫《さら》っているのかしら……)

桜羽は冬真の身内なのだから、鬼にとっては、自分たちに害をなす敵にあたる。冬真の行いを止めることもできない自分が、ここで焔良に守られながら、安穏と生活していていいのだろうか。

迷いながら目を伏せた時、

「こんにちは、桜羽嬢」

聞き覚えのある声に名を呼ばれた。驚いて振り向くと、薔薇園の中に葦原が立っていて、桜羽は息を呑《の》んだ。

「葦原様？　どうしてここに……？」

焔良の邸は隠すように建てられているわけではないが、人の印象に残らないよう、結界が張ってあると聞いていた。なぜ葦原がここに入れたのかわからない。桜羽は警戒し、後ずさった。

距離をとった桜羽に、葦原は人のよさそうな笑みを向けた。

「あなたにお会いしたくて、忍んできたのですよ」

「私に？」

彼は食えない人だ。怪しさしか感じない。警視庁の幹部でありながら、闇のオークションに関わっていた理由が知りたい。

「あなたは、あの夜、鹿鳴館の地下にいらっしゃいましたね？　警視ともあろう方が、人道に外れたことをなさっていたのはなぜですか？」

葦原を睨《にら》みながら尋ねると、彼はなんの罪悪感も持っていないような顔で答えた。

「あれはまあ、職務とは関係なく、僕の趣味みたいなものですね」

「趣味ですって？」

桜羽のまなじりがつり上がる。

「僕の妻は内務卿《きょう》の遠縁でしてね。その繋《つな》がりで十和田外務大臣にお会いする機会があり、その際に『鹿鳴館で毎晩のように夜会を開いているが、何か目新しい催しはできないかと考えている』と話しておられるのを聞いたのです。だから、知恵を貸して差し上げました。『鬼の子は美しく愛らしいそうです。鬼は妖術《ようじゅつ》を使うと言われていますが、子供ならそれほど危なくもないでしょう。子供を集める手配は私がしますので、刺激を求めておられる方々に、試しにご紹介してみてはいかがでしょうか？』と」

「紹介？……反吐《へど》が出るわね」

葦原の遠回しな言い方に嫌悪感を覚える。

「それで、冬真様に鬼の子を集めるように命じたの？」

「陰陽寮は、明治政府の暗部に関わっていますからね。それぐらい、してくださると思ったので」

「……ふざけないで」

こぶしを握った桜羽の前に、葦原がゆっくりと近付いてくる。桜羽はその場から動かず、彼を睨み付けた。――彼が目の前まで来たら、胸ぐらを摑《つか》んで、一発ひっぱたいてやろうか。

気合いを入れる桜羽の眼前まで近付いた葦原は、片膝《かたひざ》をついた。なんのつもりだと思って見下ろすと、彼は芝居がかった仕草で桜羽のほうへ手を差し出した。

「桜羽嬢。私のもとへ来られませんか？　僕はあなたに求婚します」

突然の申し出に、桜羽は信じられない思いで葦原を見つめた。

この人は、何を馬鹿なことを言っているのだろう。

「寝言は寝てから言ってくださらない？　先ほどあなたは、奥方がいらっしゃるとおっしゃったではないですか。私を妾《めかけ》にでもしたいのですか？」

本妻だと言われても、もちろん、彼のもとへ行く気などない。死んでも嫌だ。

怒る桜羽に、葦原は涼しい顔で続ける。

「妻とは離縁します。もともと、最初の縁談は、月影家のお嬢様とのものでしたしね」

「まさかその相手って、私の母……？」

焰良が言っていた。桜羽の母、朔耶は、月影氏流のために早く結婚するよう一族から迫られていて、数え切れないほどの縁談がきていたと。

そのうちの一人が葦原で、彼は朔耶にふられた腹いせに、桜羽にこのような馬鹿げた提案をしてきたのだろうか。

「私は母ではありません。あなたと結婚する気などないわ」

きっぱりと断ると、葦原は「つれないですね」と悲しそうな顔をした。

「あなたは朔耶嬢にそっくりだというのに。花のかんばせも……隠された能力も」

「能力……？」

彼が何を言っているのか、意味がわからない。

母は優秀な陰陽師だったと聞いたが、自分は落ちこぼれだ。

「嫌だと言われても、絶対にあなたを僕のものにしますよ。あなたが幼い頃から成長を見守り、焦がれ続けてきたのですから」

葦原が桜羽の手を取ろうとしたので、邪険に振り払い「触らないで！」と叫ぶ。

その瞬間、葦原の姿がかき消えた。

「えっ……？」

桜羽は戸惑いながら、一枚の呪《まじな》い札が地面に落ちていくのを目で追った。

しゃがみ込んで手に取ると、土の呪いが描かれている。

土の呪いから生み出すことのできる式神は「ヒト」。

「まさか……さっきのは式神？　葦原様も陰陽師……？」

桜羽は眉間《みけん》に皺《しわ》を寄せた。

先祖返りで神力を持って生まれた者全てが、陰陽寮に入るわけではない。神力を術として使うためにはそれなりの修行が必要だが、陰陽師を目指さないなら、その努力は必要ない。とはいえ、陰陽寮に入らないまま独学で術を身につけた、奇特な陰陽師が民間にいてもおかしくはない。

強い風が吹き、桜羽の手から札を攫った。桜羽はその場に立ち尽くしたまま、飛んでいく札を見上げた。


目の前の葦原が、不意に「破られたか」とつぶやいて宙を見つめ、唇の端を上げた。

「どうかなさいましたか？」

冬真は怪訝《けげん》な表情で葦原に問いかけた。葦原が冬真に視線を戻し、涼しい顔で、

「手強《てごわ》いなと思ったのですよ」

と答える。

「……？」

彼の言葉の意味がわからず、ますます眉間に皺を寄せた冬真に、葦原は笑いながら
「失礼」と軽く謝罪した。

「話の途中でしたね」

月影邸の庭から、爽《さわ》やかな風が吹き込む。葦原は向かい合う冬真に微笑みかけ、罪悪感の欠片《かけら》もない声音で言った。

「十和田卿からまたご要望をいただきましてね。今度は若い女性が欲しいそうですよ。先日の鹿鳴館でのオークションで、偶然迷い込んで来た令嬢が『商品』だと勘違いをして、高値をつけた紳士がいらっしゃいましてね。十和田卿が、今度はぜひ鬼の女性でい

きたいと希望されたのです。今回も陰陽寮《おんみょう》にご協力をいただきたいのですよ」

丁寧な言葉遣いだが、冬真は、彼の声音に冬真と陰陽寮を見下す響きを感じ取った。流れるように述べられた要望に不快感を示し、葦原に聞こえないようにつぶやく。

「勝手なことを……」

不機嫌な冬真と対照的に、葦原は上機嫌な様子で言葉を続けた。

「あなたは、美しい鬼女が多く働いている場所を、既にご存じでしょう？　華劇座ですよ」

「だが、あそこは……」

「ああ、華族連中の非難なら気にしなくていいですよ。十和田卿がなんとかしてくださるでしょうから」

「……断ると言ったら？」

「そうですねぇ」

葦原はわざとらしく腕を組み、考え込むふりをする。

「九年前に、あなたが従姉《いとこ》殿を殺した件を明るみに出しましょうか。陰陽師は、鬼やあやかしを狩るよう政府から命じられていますが、人を殺せば普通に殺人罪ですからね。——ああ、失礼。あなたは身内の殺害だけでなく、政府に命じられて暗殺にも手を染めているのでしたっけ。監獄に入る前に、不慮の事故に遭う可能性のほうが高そうですね」

言外に「命令を無視すれば政府から消される」と脅しをかけられ、冬真はぴくりと眉《まゆ》を動かした。

「あなたが捕まって死刑になるにしても、闇で処分されるにしても、あなたがいなくなったら月影家は終わりでしょう。あなたは未婚で、後継者がいないのだから」

葦原の言葉に、冬真は膝の上でこぶしを握った。

月影家の頭領として妻を娶《めと》り、子をなすことは冬真の義務だ。けれど、冬真の心は、忘れられない女《ひと》と、彼女の忘れ形見で占められている。

葦原は冬真の反応を楽しそうに眺め、微笑みながら続ける。

「あなたが死ねば、あなたの可愛い桜羽嬢は行き場を失ってしまいますね。ああ、もしかしたら、月影家が代々担ってきた仕事を継ぐのは彼女になるかもしれません。でも安心してください。そんなことにならないよう、僕が取り計らいましょう。引き取って、大切に守ってあげますから」

冬真は固く目を閉じた。怒りで震えそうになる声を抑えて承諾の意を示す。

「承知致しましたと、十和田外務大臣にお伝えください」

冬真の答えを聞いて、葦原は満足げに頷《うなず》いた。

＊

葦原が月影邸を訪れた五日後。

陰陽寮では、桜羽を除く陰陽師たち全員が広間に集められていた。

彼らの視線の先には、白い制服を身に纏《まと》い、愛刀を腰に下げた冬真が立っている。陰陽寮の長官である彼は基本的に管理職だ。よほどのことがないと現場に出ない彼が刀を身につけることは珍しく、陰陽師たちは皆、緊張の面持ちを浮かべている。

冬真の代わりに、志堂が口を開いた。

「これから、我々は華劇座に踏み込みます」

その言葉に、一同がざわついた。

華劇座の俳優たちや、そこで働く者たちの中に、鬼が紛れているのではないかという疑いは、以前からあった。けれど、今まで陰陽寮が踏み込めなかったのは、華劇座は上流階級のパトロンもついている社交場だったからだ。今回、冬真が強制執行を決めたことに、陰陽師たちは驚きを隠せなかった。

「静粛に」

静かに響いた志堂の声で、皆、口をつぐむ。

「華劇座の支配人は、鬼の頭領だと思われます。第一の目的は、彼の抹殺です。その他の鬼の男は殺し、鬼の女は捕らえるように。それから――」

志堂は一旦《いったん》言葉を切り、確認するように冬真を見た。

冬真は視線で、志堂にその先を促した。志堂が軽く頷く。

「月影桜羽が鬼の頭領に囚《とら》われている可能性があります。彼女を見つけ次第、保護するように」

志堂の指令に、陰陽師たちは戸惑ったように目を見合わせた。

桜羽が一度鬼に攫《さら》われたことは、陰陽寮内では周知の事実となっている。再び行方をくらました桜羽のことを、同僚の陰陽師たちが、「また鬼に攫われたのか？」「後ろ暗いことがあって出奔したんじゃないか？」と噂していることは、冬真の耳にも入っていた。

桜羽の行く先などわかっている。焔良のところだ。

冬真の瞳《ひとみ》が冷たく光る。自分が大切に咲かせた花を盗んだ彼を、許しはしない。

桜羽を葦原の手からも守らなければ。

月影家の代々の頭領が、呪いのように負わされている闇の仕事からも——

彼女を守るためなら、何でもしよう。

冬真の唇に皮肉な笑みが浮かぶ。

……自分のほうが、よほど鬼のようだ。

＊

「あらためて中に入って思ったけれど、華劇座って豪華ね」

三階のボックス席から劇場内を見回しながら、ドレスに身を包んだ桜羽は感嘆の声を上げた。

天井には羽衣を纏った天女が描かれ、海外から輸入されたという豪華なシャンデリアが吊《つ》り下げられている。

一階と二階が客席になっており、今夜も観客で満席だった。

桜羽と焔良がいるこの席は支配人専用らしい。焔良はここで舞台を鑑賞し、出来映えを確認しているのだそうだ。

初めての観劇にそわそわして落ち着きのない桜羽が面白いのか、焔良が声を上げて笑った。

「桜羽が楽しそうで何よりだ」

焔良がいきなり「デェトに行こう」と言い出した時は驚いた。

桜羽は、彼が、自分のもとへ戻ってきてから塞《ふさ》ぎ込んでいる桜羽を元気づけようと、観劇に誘ってくれたことに気付いていた。

「ありがとう。焔良」

お礼を言うと、焔良もまた桜羽の気持ちがわかっているのか、「ああ」と頷いた。

「今日の演目は何？」

「シェイクスピアだ」

「海外の劇なのね」

どんな話か知らないので、楽しみな気持ちで開演を待つ。

舞台の前面にあるオーケストラ・ピットに楽団員が集まり始めた。

幕が上がる。美しい鬼の俳優たちが現れ、情感を込めて台詞《せりふ》を言う姿を、桜羽は食い入るように見つめた。舞台上で繰り広げられる悲劇の物語に引き込まれる。

幕が下りた後、感動のあまり動けなくなっている桜羽を見て、焔良が満足げな表情を浮かべた。

「楽しんでくれたか？」

「ええ……。悲しい物語だったけれど、皆さんの演技や音楽が素晴らしくて、胸に迫ってきたわ……」

両手を組んでうっとりとしながら、焔良に熱く感想を語る。

「華劇座ってすごいわ！　たくさんの人がここに来るのがわかった気がする」

矢草を追って初めて華劇座に入った時、ここは非日常の世界だと感じた。ここを訪れた人々は、ほんのひととき現実を忘れて、そしてまた明日《あした》への活力を得るのだろう。

「華劇座で働いている人は、皆、鬼なの？」

「全員ではない。普通の人もいる」

「鬼と人が協力して舞台を作っているのね」

桜羽は幕が下りた舞台に目を向け、その後ろで働く者たちのことを思った。華劇座は、焔良が目指す鬼と人が共存する世界なのだ。

「ここで働く人たちは、同僚に鬼がいることを知っているの？」

「あえて正体を明かす鬼はいないだろうが、人の中には、薄々感づいている者もいるだろうな」

「それって大丈夫なの？　密告とか……」

陰陽寮《おんみょう》に鬼の隠れ家を密告したら、僅《わず》かながらも謝礼金が出る。それを目当てに、華劇座の秘密を漏らす人物もいそうなものだが――

桜羽の懸念を察した焔良が、自信満々に返す。

「ここで働く者には、十分な給金を払っている。お金のために密告する者はいない。それに、これは俺の自慢なんだが……鬼も人も関係なく、ここの者たちは仲がいいんだ。友人を売り渡すような愚か者はいない」

従業員たちに全幅の信頼を寄せる焔良が眩《まぶ》しくて、桜羽は目を細めた。

(本当に優しくて……心の大きな人)

焔良が頭領として慕われているのは、彼の人柄にもよるのだろう。

舞台の余韻に包まれ、焔良とのデェトの時間が終わることが寂しくて、この場を離れがたい。それは焔良も同じなのか、二人は「庭の薔薇《ばら》が綺麗《きれい》だから、今度一緒に散歩をしよう」だとか、「この間、心花と一緒に食べたお菓子がおいしかった」だとか、たあいない会話を続けた。

観客が全て劇場を出た後、焔良が立ち上がった。

「そろそろ、従業員たちも帰り始める頃だ。照明が落とされる前に出よう」

差し出された手に、桜羽は自分の手を重ねた。

「……ええ」

名残惜しくても、いつまでもここにいることはできない。

「また来たいわ」

思わず、つぶやきが漏れた。

本当は、もうこんな機会はこないのではないかと思っている。焔良の邸《やしき》で、彼に守られながら安穏と生活をしていく資格など、自分にはない。

桜羽は、機会を見て焔良の邸から出ていこうと決めていた。その後は月影邸へ戻り、冬真がこれ以上罪を重ねないように、止める術《すべ》を探していきたい。

俯《うつむ》いた桜羽を見て何か察したのか、焔良は桜羽の顎《あご》に指をかけ、顔を上向かせた。

「お前が来たいと言えば、いつでも連れて来よう。ここは俺の劇場だ」

顎から指を離すと、愛《いと》おしそうに手の甲で頬を撫《な》でる。くすぐったさに身じろぎをし、桜羽が顔を背けると、今度は逃がさないというように手のひらで頬を挟んだ。

まっすぐに瞳を覗《のぞ》きこまれて、切なさで胸が締め付けられる。

本当は、焔良のそばを離れたくない。自分はいつの間に、こんなにも彼のことが好きになっていたのだろう。

見つめ合う二人の顔が自然と近付いた時、ボックス席に朱士が飛び込んできた。

「焔良様！」

普段落ち着いている朱士が動転しているのを見て、焔良の顔色が変わる。

「どうした。何かあったのか？」

「陰陽師たちが正面玄関から踏み込んできました！」

「何だと？」

ボックス席を飛び出した焔良の後に朱士が続き、桜羽もドレスをたくし上げて追いかける。

階段を駆け下り、玄関広間に行くと、白い制服に刀を下げた陰陽師たちがずらりと並んでいた。その先頭にいるのは冬真だ。

焔良と仲良く話をしに来たわけではないことなど、一目でわかる。

冬真はやはり、政府の命に従い、鬼と敵対する道を選んだのだ。信じたいと思っていた気持ちが砕け散り、桜羽の胸が苦しくなる。やるせない悲しみに囚《とら》われ、唇を噛《か》んだ。

「桜羽さん！　早くこっちに来て！」

隊列の中にいた斎木が焦った様子で桜羽に手招きをしているが、桜羽はその場を動かなかった。

「月影冬真。あやかし狩りを止めると言った言葉は嘘だったんだな」

焔良に剣呑《けんのん》なまなざしを向けられた冬真は、落ち着いた声で返した。

「私は以前から、この劇場が鬼の巣窟《そうくつ》ではないのかと怪しんでいた。鬼は滅ぼすべきとの政府のお考えだ」

陰陽寮は華劇座を疑いつつも、今まで様子見をしていた。政府の命令とはいえ、なぜ突然、踏み込むことになったのかわからない。

「どうして今更、華劇座を……！」

動揺している桜羽に、冬真は静かに答える。

「華劇座支配人、紅塚良。以前から貴殿には目をつけていた。焔良として私の前に現れた時に、すぐに同一人物だとわかったが、華劇座には踏み込んではならないという上流階級層からの暗黙の圧力があった」

ここは上流階級層の社交場だ。彼らは、現実を忘れられる夢の世界を失いたくはないはずだ。

それがわかっていて壊そうとするのだから、陰陽寮の背後に、誰か権力のある者がついているに違いない。

「もしかして、十和田外務大臣……？」

桜羽のつぶやきを耳にして、焔良は合点がいったという顔をする。

「外務卿《きょう》の秘密を知った俺を潰《つぶ》しに来たのか」

表の騒ぎに気付いたのか、舞台裏へ続く扉が開き、まだ居残っていた女優や案内係の女性が顔を覗かせた。陰陽師の姿を見て驚いている。

「指示通りに動け」

そう命じた冬真の言葉を志堂が補足する。

「男は殺し、女は捕らえよ。行け！」

志堂が号令をかけると、陰陽師たちは一斉に駆けだした。舞台裏へと逃げ込んだ女性たちを追いかける。

「やめて！」

「桜羽！　待て！」

身を翻した桜羽を呼び止める焔良の声が聞こえたが、鬼たちに危険が迫った今、待つことなどできない。

桜羽が舞台裏に飛び込むと、既に大混乱が起きていた。妖力《ようりょく》と神力から生み出される術がぶつかり合い、あちこちで怒号と悲鳴が上がっている。

鬼が放ったのか、陰陽師が放ったのかわからないが、炎の玉が飛んできて、そばの大道具に火が点《つ》いた。

「キャアッ！」

炎に煽《あお》られ身をのけぞらせた桜羽の腕を、誰かが引っ張った。

「桜羽さん、ここにいたら危ない。早く逃げて！」

振り向くと、斎木が必死な形相で桜羽を見つめていた。斎木の手を振り払い、桜羽は叫んだ。

「皆が危険な状態にあるのに、私だけ逃げられるわけないでしょう！」

「えっ、あっ、うん……」

桜羽の剣幕に気圧《けお》されたのか、斎木が腕を離して、言葉にならない返事をする。

心配してくれる彼にひどい態度を取ったと思い、桜羽は冷静さを取り戻すと、斎木に尋ねた。

「怒鳴ってごめんなさい。斎木君たちは、冬真様になんて命令されてここに来たの？」

「華劇座に鬼がいることが確認できたので、今夜踏み込む……って。男は殺して、女は捕らえろっていう命令が下されてる」

「女の人を捕まえる……？」

（まさか……今度は女性をオークションにかけるつもりなの？　だとしたら、許せない！）

桜羽は怒りでこぶしを握った。

「最っ低……！」

吐き捨てた桜羽の腕を、再度、斎木が摑《つか》む。

「鬼に拉致《らち》されている桜羽さんを助け出すようにも命じられてる。一人で行かないなら、俺が外に連れていく！」

痛いほど強く桜羽の腕を握り、真剣な表情を浮かべている斎木を見つめる。静かな声で、桜羽は告げた。

「私は鬼に拉致されているわけではないわ。自分の意思で彼のそばにいるのよ」

「彼……？」

戸惑いの表情を浮かべた斎木の手に、桜羽は手を重ねた。

「離して」

自分の腕から、斎木の手をそっと外させる。

「斎木君こそ、ここから逃げて。あなたに罪を犯してほしくないわ。それじゃあね」

桜羽は斎木の肩を叩《たた》いた。「危ないって！」と止める彼と別れ、舞台裏を駆ける。

燃え広がる火を少しでも消そうと思ったものの、あいにく呪《まじな》い札は持っていない。以前のように、何もなくても術が使えないかと試してみたが、雨は降らせられなかった。術で火を消すのは諦《あきら》め、陰陽師《おんみょうじ》に捕まりそうになっている女性たちを助けるのに専念する。

「ごめんなさい、先輩！」

桜羽は、案内係の少女の腕を掴もうとしていた陰陽師を、そばにあった木の棒で殴り、しゃがみ込んで震えている少女に手を差し出した。

「急いで関係者入り口から逃げて！」

少女を立たせて促していると、

「桜羽、貴様、何をやってるんだ！」

体勢を立て直した先輩の陰陽師に髪を掴まれた。

「お前は陰陽師だろう！　なんで鬼を助けてるんだ！」

「私は陰陽師である前に心のある人間よ！　非道な行いは許せないわ！」

先輩と言い争っていたら、

「桜羽様！」

と声が聞こえ、次の瞬間、桜羽を捕まえていた先輩の体が吹っ飛んだ。

「朱士さん！」

いつの間に助けにきてくれたのか、先輩を蹴《け》り飛ばした朱士が、倒れた桜羽に手を差し出している。

「大丈夫ですか？」

「ええ、平気。それよりも、鬼の皆を……！」

「妖力のある者たちで応戦しつつ、力のない者たちを逃がしています。桜羽様も早くお逃げください——」

朱士の言葉を、舞台の方向から聞こえた悲鳴が遮った。

「私が行くわ！　朱士さんは、その子をお願い！」

桜羽は案内係の少女を朱士に預けると、舞台袖《そで》から舞台へと駆け込んだ。

舞台上では数人の女優が、二人の陰陽師に対して応戦していた。背が高くひょろっとした男と、背が低く小太りの男は末廣と毒島だ。女優たちは、それほど妖力が強くないのか、押されているようだ。

桜羽は両者の間に飛び込み両手を広げると、

「末廣さん、毒島さん、やめてください！」

と叫んだ。末廣と毒島が桜羽の姿に気付き、口角を上げる。

「やあ、桜羽。一度陰陽寮に戻ってきたのにまたいなくなって、可愛がっていた雌猫に逃げられたと、長官が悲しんでいらしたぞ」

「鬼はそんなによかったか？」

彼らの下卑た笑みを見て、桜羽の体が怒りで震える。

（冬真様と焔良のことを馬鹿にしないで！）

強いまなざしで睨《にら》み付けると、二人の顔からすっと笑みが消えた。

「お前のことは、陰陽寮に入ってきた時から気に喰《く》わなかったんだ」

「家柄を鼻にかけて、女のくせに出しゃばるな」

二人の本音を聞いて、今度は怒りよりも哀れみを覚える。

（情けない人たち……）

「お前を保護しろと命令されてはいるが、お前が死んでも、今ならただの事故だな」

毒島が小型鞄《かばん》から呪い札を摑みだし、宙に投げて叫んだ。

「西方より生じたる金気《ごんき》よ、白虎の力で矢を放て！」

札が矢尻《やじり》に変じる。桜羽は咄嗟《とっさ》に女優たちに覆い被《かぶ》さり、庇《かば》った。女優の一人が桜羽の脇の下から腕を伸ばし、炎を放つ。金気で生じた矢尻が炎の壁に遮られて落ちた。

「私たちのことはいいから、あなたは逃げて！」

女優が桜羽の体を押しのけて叫んだ。桜羽は彼女たちに向かって不敵な笑みを向けた。

「私は大丈夫。私があいつらを引きつけるから、あなたたちこそ逃げて」

「でも……」

先ほど、桜羽を助けてくれた女優が心配そうな顔をする。

「あなたたちは妖力が弱いのでしょう？　あいつらのやり口はよく知っているから、私に任せて」

桜羽の気遣いを悟ったのか、女優たちは顔を見合わせ頷《うなず》いた。

桜羽は立ち上がると、末廣と毒島に向かい合った。

「末廣さん、毒島さん。引いてください。でないと――」

ドレスの裾《すそ》に手を入れた桜羽を見て、末廣がニヤニヤとした笑みを浮かべる。

「色仕掛けか？」

「違うわ」

履いていた踵《かかと》の高い靴を脱ぐと、桜羽は思い切り末廣と毒島に向かって投げつけた。踵の尖った部分が顔に当たり、末廣が「痛っ！」と声を上げ、目を瞑《つぶ》る。

末廣が怯《ひる》んだ隙に突進し、腰から刀を引き抜き、奪う。閉じている舞台の幕を持ち上げ、挑発的な笑みを向けると、激高した末廣が叫んだ。

「貴様！」

桜羽はそのまま幕をくぐり、舞台上から客席へ飛び降りた。末廣と毒島も同じく舞台から飛び降り、桜羽を追ってくる。

桜羽は二人を引きつけながら、客席の間を駆け抜けた。

鬼の女性たちの危険を察し、桜羽が舞台裏へ飛び込んでいった後、焔良はすぐに追おうとしたが、背後から飛んできた刃に気付き、横に跳んだ。

幾本もの刃が扉に刺さり、ひびを作っている。

振り返ると、呪い札を指に挟んだ冬真が、冷ややかな瞳《ひとみ》で焔良を見つめていた。

「冬真……！」

焔良の脳裏に、かつて朔耶と瑞樹を殺害した時の、血にまみれた冬真の姿が蘇《よみがえ》る。

「お前に桜羽を預けるんじゃなかった」

後悔を滲《にじ》ませた声で、焔良は冬真に呼びかけた。

「お前が桜羽を慈しんでいたから、俺はあの子を連れていくのを諦めたんだ」

「ならば、あの子の前に現れず、今まで通り、遠くで見ていればよかったものを」

冬真は淡々とした声で応じると、呪い札を放った。再び、金属の刃が焔良を襲う。

「鬱陶《うっとう》しいな……！」

焔良は苛立《いらだ》った声を上げ、腕を振った。生じた炎が刃を溶かす。

火剋金《かこくごん》。火は金に剋《か》つという陰の関係にある。

さらに炎を生じさせ、冬真に向かって火球を放つ。冬真はそれらを軽い身のこなしで躱《かわ》すと、焔良の間合いに踏み込んだ。一気に愛刀を引き抜き、横に払う。焔良は舌打ちをし、後ろへ跳んだ。

距離をとって両者睨み合う。

お互いに隙を窺《うかが》っていると、突然、華劇座の正面扉が開いた。銃声が響き、一瞬のうちに危機を察した二人は、柱の陰へと身を隠した。

押し入ってきた新たな集団に目を向け、焔良は信じられない思いで声を上げた。

「どうして警視庁まで！」

華劇座に鬼がいるかもしれないと疑われても、犯罪行為を疑われる理由はない。

「葦原か！　桜羽に近付かせるものか……！」

冬真は舌打ちをすると、焔良が戸惑っている間に身を翻した。柱の陰から飛び出し、階段を駆け上っていく。銃弾が冬真を狙ったが、彼が撒《ま》いた呪い札が金属の盾へと変じ、弾丸を全て受け止めた。

客席へと駆け込んでいった冬真に向かい、焔良は、

「待て！」

と怒りの声を投げたが、自分に向けられている銃口に気付き、踏みとどまった。

「邪魔だぞ、お前ら……！」

苛立たしい気持ちをぶつけるように叫ぶと、焔良は玄関広間に炎の雨を降らせた。

桜羽は、末廣と毒島が繰り出す火気と金気を避《よ》けながら、客席の間を走った。

女優たちは無事に逃げられただろうか。朱士と合流できているといいのだが。

末廣と毒島が桜羽に向かって式神をけしかけてきた。大きな鷹《たか》が頭上から襲いかかってくる。刀を振って追い払うと、今度は虎が駆けてきた。嚙《か》みつかれそうになったので、咄嗟に刀身を虎の口に挟み込む。かつて陰陽寮《おんみょう》に迷い込んで来た狸姿の心花にそうしたように、末廣と毒島は、桜羽の窮地を見て笑っている。

（さすがに、末廣さんと毒島さんの式神を同時に相手するのはきつい……）

刀身を咥《くわ》えながらも桜羽を襲おうとする虎に押されて、その場に跪《ひざまず》く。牙《きば》が間近に迫り、冷や汗が背筋を伝う。頭上から鷹が急降下してくる。

「くっ……」

虎に押し負けそうになった時、桜羽の隣を四頭の狼が駆け抜けた。一頭が虎へ、もう一頭が鷹に飛びかかり、お互いを攻撃して絡み合った後、式神たちは破れた札へと姿を変えた。末廣と毒島はいつの間にか狼に組み伏せられている。抵抗ができないままに腕や顔に嚙みつかれ、ぐったりとして動かなくなった。

「桜羽！」

名を呼ぶ声が聞こえ、振り向くと、冬真の姿があった。

「大丈夫か！」

桜羽のそばまで駆け寄ってきた冬真は、床に膝《ひざ》をついていた桜羽の肩を摑《つか》んだ。いつも冷静な彼らしくなく、取り乱している。

「大丈夫です、冬真様」

桜羽は息を整えながら冬真の顔を見上げた。一瞬、冬真が助けに来てくれたことにほっとしたが、この状況を作ったのが彼だと思い出し、キッと睨み付けた。

「冬真様！　どうして華劇座に踏み込……」

責めようとしていた言葉が途切れる。冬真に引き寄せられ、強く抱きしめられて息が止まる。桜羽は混乱しながらも、彼の体を押しのけた。非難のまなざしを向ける桜羽に、冬真が手を伸ばした。

「桜羽」

一瞬、びくっと体を震わせた桜羽の頬に触れながら、冬真が真剣な声音で促した。

「葦原が来ている。すぐにこの劇場から離れろ。いいな」

「葦原様が？　どうして？」

「葦原はお前に執着している。お前の身が危ない」

以前、焔良の邸に現れた葦原の式神を思い出す。彼は、桜羽に求婚するなどと、ふざけたことを言っていた。

確かに葦原の行動は理解できない。冬真が彼を警戒するのももっともだが、桜羽は首を横に振った。冬真が華劇座を襲った以上、自分がこの劇場を離れるわけにはいかない。

「冬真様は、華劇座の鬼の男たちを殺し、鬼の女たちを捕らえて政府に渡すおつもりなのですよね？」

桜羽の責めるようなまなざしを受けて、冬真が視線を逸《そ》らす。桜羽の頬から手を離し、苦しそうに答える。

「そうせざるを得ないのだ」

「非道な行いは、おやめください！　でないと、私は……」

桜羽は手にしていた刀を握り直した。

(冬真様が鬼への殺戮《さつりく》をやめないと言うならば――)

危うい考えが一瞬脳裏を過《よぎ》ったが、いつまでも争い合っていてはいけないという焔良の言葉を思い出し、冷静さを取り戻した。冬真をまっすぐに見つめ、

「冬真様は、なぜそうまでして政府の命令に従うのですか？　それはあなたの意思なのですか？」

と尋ねる。

冬真は暗い瞳で答えた。

「私の意思など関係ない。どのような汚い命令でも、政府の意向に従うべきというのが、月影家に与えられた使命」

「それは一体どういうことなのです……？」

初めて聞く話に、桜羽の胸が不安でざわめく。

「月影家の祖先は、鬼の頭領の兄弟だったと言われている。朝廷と対立する道を選び、仲間を守るべき立場に立った鬼の頭領の一族でありながら、我が身かわいさのあまり一族から出奔し朝廷側についた裏切り者。……月影家は生きていくために、朝廷の命令に

従うしかなかった」

桜羽は、月影氏流の開祖が強い能力を持っていたという言い伝えを思い出した。

驚いている桜羽の肩を、冬真が摑む。

「負の連鎖を、私の代で断ち切りたかった。だが、お前がいたから……」

冬真は切ない表情で桜羽を見つめた。

「朔耶の忘れ形見であるお前を罪で汚したくなかった。お前の力が政府に知られれば、絶対に利用される。お前から目を背けさせておかなければいけない。そのために、私は政府に対し従順であらねばならなかった」

「私の力？　どういうことですか？　わからないです、冬真様！」

桜羽が叫んだ時、突然拍手が聞こえた。はっとして振り向くと、いつの間にそこにいたのか、警視庁の制服を着た葦原が二人を眺めて手を叩《たた》いていた。

「育ての親が養い子を想う気持ち……美しいですね」

桜羽を隠すように、冬真が桜羽の体を背中に回す。

敵意を示す二人に、葦原は楽しそうに告げた。

「月影冬真を捕らえよとの命令をいただきました」

葦原が指を鳴らすと、椅子の陰から巡査たちが立ち上がった。二人に向かい、一斉に銃口を向ける。

「政府の差し金か？」

冬真が冷静に聞き返すと、葦原はまるで「自分も不本意に思っている」と言うような顔で肩を竦《すく》めた。

「あなたが政府と月影家の関係に不満を抱いていることは気付いていました。鬼の頭領と話し合いの場を持ったことや、その内容に関しても、既に調べ上げています。明治政府の暗部を知っているあなたに、鬼と協力関係を結ばれては困るとの上層部のお考えです」

葦原の話を聞いて、桜羽は先ほど冬真が語った月影家の事情が嘘ではないのだと確信した。

（冬真様が苦しんでいたことに、私は気が付いていなかった）

無知だった自分が恥ずかしい。

葦原が両手を広げて、桜羽に向かって言葉を続ける。

「桜羽嬢はご存じなかったのですよね。鬼が幕府の裏の存在であったように、陰陽師もまた朝廷の裏の存在だったということを。月影家は遥《はる》か昔から、朝廷や貴族たちの命に従い、あやかしを狩るという名目で邪魔な者を消してきたのです。陰陽師はあやかしを狩る者たち。世間にそう思わせておけば、人を殺したとしても『あれは鬼だったから退治した』と言い逃れることができますしね」

手を下ろし、葦原は目を弓なりに細めた。

「『月影冬真を適当な犯罪者に仕立て上げて捕らえよ』との命令を受けてはいるのです

が、それよりも『華劇座で鬼の頭領と乱闘になり死亡』——そのほうが後腐れなくていいように思いましたので、待ち伏せさせていただきました。僕たちも、鬼退治のお祭りに参加させてください」

楽しそうな口調の葦原に対して、ふつふつと怒りがこみ上げてくる。

「月影長官。あなたがいなくなった後の陰陽寮のことは心配しなくてもいいですよ。政府に従順な別の者が長官に就きますので。ああ、もちろん、鬼の頭領にも死んでいただきます」

「ふざけないで！」

桜羽は冬真を押しのけて立ち上がった。

「冬真様や焔良を、いいように利用しないで！」

「桜羽。落ち着け」

桜羽を引き寄せた冬真を見て、葦原の眉《まゆ》がぴくりと動く。

「養い親とはいえ、桜羽嬢に気安く触らないでいただきたいですね。彼女は僕の妻になる人だと、九年前から決まっているのですから」

「九年前？」

葦原の言葉の意味がわからず、桜羽は眉間《みけん》に皺《しわ》を寄せた。九年前、桜羽は八歳。両親を失い、冬真に引き取られた時期だ。

怪訝《けげん》な顔をする桜羽に向かって、葦原がゆっくりと歩み寄ってくる。

「僕は、姿を消した朔耶嬢をずっと捜していました。懸命に捜して、やっと居場所がわかったのに、既に彼女はその男に殺されていたのです。許せなかった。殺してやろうかと思ったけれど、その男は朔耶嬢の娘を連れ去っていた。それで考えたのです。どうせなら君が大きくなるのを待とう。それまでは、その男に嫌がらせをして遊んでやろう。君を奪った後に悔しがる彼を見てから、殺すのでも悪くないってね」

自分は幼い時から彼に目をつけられて、執着されていたのか。

心底楽しそうな葦原を見て、桜羽はぞっとした。

「あなた、おかしいわ」

「そうかもしれない。でも、僕をそうさせたのは朔耶嬢だ」

葦原は鬼気迫る表情で笑うと、桜羽に向かって手を伸ばした。

「君が僕のもとへ来るというなら、月影長官の命ぐらいは助けてあげましょうか？　まあ、今、助かったところで、彼の行き先は監獄か死刑台ですけれど」

巡査たちの銃口は二人を狙っている。

桜羽は冬真に囁《ささや》いた。

「冬真様。私があの人のところへ行きます。その隙に逃げてください」

歩きだそうとした桜羽の腕を摑《つか》み、冬真が低い声で止める。

「行っては駄目だ。あいつはお前を手に入れた後、何をするかわからない。あいつの狙いは、お前が両親から継いだ力だ」

「お父さんとお母さんから継いだ力？」

「朔耶は月影氏流開祖の再来と言われるほどの陰陽師《おんみょうじ》で、他の者にはない特別な能力を持っていた。そこに、鬼の血までが入っているんだ。お前が強い神力を持っていることに、私はすぐに気が付いた」

初めて聞いた事実に、桜羽は目を見開いた。

「私は落ちこぼれなんじゃ……」

そう言いかけて、途中で言葉を止める。自分は一度だけ、奇跡を起こしたではないか。

（もう一度、同じことができる？）

この危機から、冬真と一緒に逃れられるだろうか。

先ほど楽屋裏では火を消すことができなかったが、命がかかっている今のこの状況なら、もう一度奇跡を起こせるかもしれない。

桜羽は両手を組み合わせた。

「お願い、玄武。力を貸して……！」

北方の霊獣に祈り始めた桜羽を見て、冬真が焦る。

「待て、桜羽。あいつに力を見せてはいけない！」

冬真の制止を聞かず、桜羽は玄武に命じた。

「水気《すいき》の刃《やいば》で、彼の者を討て！」

けれど、水の一滴たりとも生じない。桜羽の声は劇場の広い空間に飲みこまれ、ただ消えていった。

「どうして……」

今こそ、力が欲しかったのに。

絶望する桜羽に対し、どこかほっとしている様子の冬真を見て、葦原の表情が憎々しげなものに変わる。

「貴様、彼女に何をした？　力を奪ったのか？」

冬真は何も答えず、不敵な笑みを浮かべた。

「やはり死ね」

葦原が携帯していた拳銃《けんじゅう》に手を伸ばす。二人が身構えた時、客席扉が乱暴に開けられ、焔良が飛び込んできた。炎風が吹き込み、葦原を襲う。葦原は客席の裏に身をかがめ、焔良の炎を避《よ》けた。

「焔良！」

桜羽が涙声で名を呼ぶと、焔良が駆け寄ってきた。衣服が数箇所裂けていて、腕や足に血が滲んでいる。冬真のもとまで来ると、胸ぐらを摑み、腹立たしげに怒鳴った。

「冬真！　俺一人に巡査連中を押しつけて、さっさと逃げやがって……！」

どうやら焔良は押し入ってきた巡査相手に孤軍奮闘していたらしい。

「離してくれないか」

焔良の手を、冬真が邪険に振り払う。

「ハッ！　俺に大勢任せただけあって、元気じゃないか」

口角を上げ嫌みを言う焔良に、冬真が冷たいまなざしを向ける。

「逃げたわけではない。侮らないでもらいたい」

「よく口が回ると言いたいところだが、今はお前とやり合っている場合じゃないな。ここから脱出するのが先決だ。力を貸せ」

焔良は気を取り直し、素早く周囲を見回した。隠れている巡査の数を確認している。

「鬼と共闘するのは不本意だが……仕方あるまい」

焔良の要求に、冬真が素っ気なく答える。

「桜羽に怪我をさせるな」

冬真の台詞《せりふ》に、焔良は口角を上げた。

「誰に言ってる。当たり前だ」

目を見交わすと、二人は桜羽を庇《かば》うようにして肩を並べた。

焔良が手を振ると、炎の塊が四方へ飛んでいき、隠れていた巡査たちを襲った。見慣れない鬼の妖術《ようじゅつ》に怯《ひる》んでいる間に、冬真が金気《ごんき》の術で次々と彼らを撃ち倒す。

「冬真様、その人たちは……！」

彼らは、上層部の命令に従ってここへ来ただけだ。桜羽の心配を察したのか、冬真が、

「命までは取っていない」

と答えた後、小型鞄《かばん》からさらに呪《まじな》い札を取り出そうとして舌打ちをした。

「札切れか」

「そこの二人、僕の桜羽嬢から離れてくれないか」

葦原が苛立《いらだ》ったように声を上げた。上着のポケットに手を入れると、札を摑みだし、宙へと撒《ま》いた。その瞬間、塵旋風《じんせんぷう》が起こった。砂塵が焔良と冬真を襲う。冬真が咄嗟《とっさ》に桜羽を庇い、焔良は炎で砂塵を焼き払おうとしたが、砂塵は消えず焔良を飲み込んだ。

(火生土《かしょうど》。火は土を生み出す陽の関係。討ち滅ぼすのは難しい……!)

「焔良!」

桜羽が叫ぶと、焔良が砂塵から顔を庇いながら転がり出てきた。口に入った砂を吐き出し、葦原を睨《にら》む。

「前に桜羽が話していた通り、葦原は土気《どき》の術が使えるようだな」

以前、葦原が焔良の邸に侵入してきた日、桜羽は焔良にそのことを報告していた。焔良の邸には結界が張ってあるので、よほど力のある陰陽師の式神でないと入れない。葦原は民間陰陽師ながら、強い神力の持ち主なのだろうと、二人は警戒していた。

「桜羽嬢。早くこちらへいらっしゃい。でないと、あなたまで怪我をしてしまいますよ」

猫なで声を出す葦原を、桜羽は目にありったけの力を込めて睨み付けた。

「桜羽を頼む」

冬真が桜羽の体を焔良に押しつけた。桜羽を庇う焔良を見て、葦原が再び激高した。

「下賤《げせん》の鬼、汚い手で桜羽嬢に触るな！」

葦原の目には桜羽しか映っていない。その隙に背後に回り込んだ冬真は、葦原を切り伏せようと刀を抜いた。

だが、気配に気付いた葦原が振り返ると同時に拳銃を手に取り、冬真に向けて発砲した。

劇場内に銃声が鳴り響く。

冬真の体が傾いでいくのを、桜羽は信じられない思いで見つめた。

「冬真様……？」

彼が倒れたのと同時に、桜羽の頭の中で何かが割れた音がした。


桜羽がかつて暮らしていた茶屋に、少年だった冬真が訪れた。

客が来たと思って姿を現した朔耶を見て、冬真は喜びと安堵《あんど》の入り交じった表情を浮かべた。朔耶に駆け寄り肩を掴み、

『朔耶！　迎えにきた！』

と大声を上げた。

『冬真？　どうしてここにいるの？』

驚く朔耶に、冬真は早口で説明をする。

『君に執着している男がいる。そいつが君を捜して回っているんだ。彼の狙いは君の力

だ。あいつよりも早く君を見つけ出して、保護しようと思っていたんだ。急いでここから離れよう。月影の邸《やしき》に戻るんだ』

『待って、冬真！』

朔耶は腕を引く冬真を慌てて押しとどめた。

『あなたが何を言っているのかわからないわ。私の力を狙っている人がいるって？』

混乱している従姉《いとこ》に、冬真はもう一度言い聞かせた。

『そうだ。朔耶の力は唯一無二だ。利用したい者はいくらでもいる。朔耶と結婚しようと思っていた男たちの中にも、君の力が目当てだった者は多かったはずだ。でも、あいつが一番タチが悪い』

『あの力はとっくに失っているわ。桜羽を産んだ時に、あの子に引き継がれてしまったもの』

『桜羽？』

初めて聞く名に目を瞬かせた冬真に向かって、朔耶は幸せそうに笑いかけた。

『私と瑞樹さんの娘よ』

冬真は目を見開いた後、苦しそうに表情を歪《ゆが》めた。絞り出すような声で朔耶に問う。

『瑞樹？　それは君を攫《さら》った鬼の名か？　朔耶は嫌々鬼に囚《とら》われているんだろう？　どうして子供なんているんだ……？』

『違うわ。私は私の意思で、瑞樹さんと逃げたのよ。私たちは愛し合っているの』

『そんな話、俺は許さない！』

冬真は大声を出すと、朔耶の腕を強く摑《つか》んだ。

『帰ろう、朔耶。君は人間だ。鬼のそばにいるべきじゃない』

『離して、冬真！』

二人が揉《も》めていると、遊びに来ていた友人を途中まで見送りに出ていた瑞樹が戻ってきた。茶屋の中で見知らぬ少年と言い争いをしている妻を見て、急いで駆けつける。

『君は誰だ！　朔耶を離しなさい！』

瑞樹が冬真の肩を摑んで朔耶から引き離すと、冬真は憎々しげな瞳《ひとみ》で瑞樹をひと睨みし、腰に下げていた刀を引き抜いた。

『鬼め！　お前が朔耶を誘惑しなければ……俺は！　鬼など、滅べばいい！』

『待って、冬真！』

朔耶が咄嗟に夫と従弟《いとこ》の間に飛び込んだ。冬真が横に払った刀が朔耶の胸を切り裂く。

『朔耶！』

よろめいた朔耶を瑞樹が抱き留めた。朔耶は瑞樹を見上げ、夫の無事にほっとしたように微笑んだ後、目を閉じた。そのまま、ぐったりとして動かなくなった朔耶を見て、冬真が取り乱した。

『朔耶？　なんで君が……？　俺はただ、君を迎えに来ただけなのに』

事切れた妻を支えながら、瑞樹が冬真に怒りの視線を向ける。

『陰陽師《おんみょうじ》の少年。ここから早く立ち去れ。私が君を殺してしまわないうちに』

瑞樹の周囲で空気が揺らめいた。ふつふつと湧いてきた水滴が集まり、次第に水の刃《やいば》へと姿を変えていく。険しい表情で冬真を見つめる瑞樹を、冬真は憎々しげに睨み返した。

瑞樹が片手を振ると、水刃が冬真を襲った。けれどそれらは全て冬真の頰や腕をかすっただけで、致命傷を与えはしなかった。瑞樹はおそらく、妻の身内である冬真を殺すつもりはなかったのだろう。

早く立ち去れと無言で警告する瑞樹に、冬真は刀を向けた。大声を上げて突進し、

『やめなさい！』と叫んだ瑞樹の胸を貫いた。

両親と冬真の様子を物陰から見ていた桜羽は、倒れる二人によろよろと近付いた。

『お母さん……』

ぴくりとも動かない朔耶の体にすがりつき、『わあぁ』と泣き声を上げた。

『お前が桜羽……？』

瑞樹と朔耶を殺し、全身に返り血を浴びた冬真が、桜羽を見下ろしてつぶやいた。

桜羽は震えながら、小さく首を横に振った。母のそばから離れたくない。でも、ここにいたらきっと、自分も少年に殺されてしまう。どうしていいのかわからなくなり、ただ朔耶にしがみついていたら、『貴様！』という怒号が聞こえた。

先ほど帰っていったばかりの玖狼が茶屋の外で、冬真の護衛として共に来ていた志堂

と戦っていた。玖狼の炎を、志堂が水の壁を作って防いでいる。

冬真は無表情のまま呪い札を取り出すと、宙に放った。札が刃に変わり、背中から玖狼を貫く。玖狼の体がゆっくりと地面に倒れるのを見て、桜羽は恐怖で悲鳴も上げることができなかった。

事切れている両親のそばで震えていると、

『桜羽！』

と名を呼ばれた。こちらへ駆け寄ろうとしている焔良の姿を見つけ、桜羽は叫んだ。

『焔良ぁ！』

冬真が再び札を撒き、無数の刃を作り出した。飛んでくる刃を躱《かわ》し、逃げるのに精一杯の焔良は、桜羽に近付くことができない。

『鬼のせいで、朔耶は死んだ！』

そう叫んで焔良を攻撃しながらも、冬真の目に光るものが浮かぶ。

焔良の足を冬真の刃が切り裂き、よろめいたところを、志堂が背後から切りつけた。咄嗟《とっさ》に急所を避け、地面に転がった焔良を見て、桜羽はさらに泣き声を上げた。

『焔良ぁ……！』

朔耶のそばから離れて、焔良のもとへ走ろうとした桜羽の体を、冬真が捕まえた。桜羽は冬真の腕を振り払おうとしたが、冬真は軽々と桜羽を持ち上げると、暴れる桜羽の体をぎゅっと抱きしめた。落とさないように抱き直し、桜羽を連れたまま、茶屋を飛び出す。

焰良は桜羽を奪還しようとしたが、志堂に阻まれ、追ってくることができない。

『いやあぁ……焰良、助けてぇ……』

泣き叫ぶ桜羽を、冬真は決して離そうとしなかった。

冬真が月影邸に連れ帰った桜羽を見て、使用人たちは仰天した。『朔耶の娘だ。丁重に扱え』と命じられたものの、使用人たちは鬼の子である桜羽を怖がった。

両親を殺した少年の邸で、腫《は》れ物のように扱われながら、桜羽は毎日のように泣いていた。そんな桜羽の様子を、冬真は日に何度も見にきて、『困っていることや、欲しいものがあれば言え』『食事はとっているか？』『眠れているか？』と尋ねた。

泣きながら眠り、目が覚めたら、必ずといっていいほど冬真がそばにいた。

いつの頃からか、桜羽は冬真を恐れなくなり、彼を慕うようになった。

桜羽が冬真の邸に来て、十日ほどが経った頃、月影邸の庭で遊んでいた桜羽のもとに、焰良がやってきた。

『見つけるのが遅くなってすまない。迎えに来たよ』と言った焰良を見て、桜羽の頭の中に、彼が朔耶を殺した時の光景が浮かんだ。

『嫌っ！』

桜羽は、焰良が差し出した手を振り払った。焰良が驚愕《きょうがく》の表情を浮かべている。

『桜羽、どうした？　俺だ。一緒に帰ろう』

戸惑いながらも、再度桜羽の手を取ろうとした焔良から、桜羽は逃げた。

『冬真様、冬真様、助けて！』

大声で名を呼ぶと、邸内にいた冬真がすぐに飛び出してきて、術で焔良を追い払った。

抱きついて泣く桜羽の頭を撫《な》でながら、冬真は何度も『もう大丈夫、怖くない』と繰り返した。

『俺の部屋へ行こう。桜羽が怖くなくなるまでそばについていてやる』

桜羽は素直に冬真に抱き上げられると、彼の部屋へ運ばれた。

冬真は桜羽を膝《ひざ》に乗せ、桜羽の体を胸に引き寄せた。安心させるように、トントンと背中を叩《たた》く。優しい振動が気持ちよくて、強《こわ》ばっていた体から力が抜けていく。

桜羽がうとうとし始めると、冬真は耳元で何か呪《まじな》いの言葉を唱えた。

低い声で紡がれる冬真の呪いは、桜羽の記憶に染みこんで、思い出を書き換えていく。

浅い眠りの中、桜羽は再び、大好きな母が焔良に殺される光景を見た。

その後、何年間も繰り返し同じ夢を見続け、鬼は仇《かたき》で殺すべき存在だと、桜羽の意識は塗り替えられていった。


「あ……」

頭の中に次々と思い出が蘇《よみがえ》る。

朔耶と瑞樹の愛情深い笑顔。時々訪ねてきてくれる、明るい玖狼と、大好きな焔良。

桜の木の下で焔良が桜羽に花冠を作ってくれたこと。抱っこして、頭を撫でながら寝かしつけてくれたこと。

それから、あの約束――

「冬真！」

突然溢《あふ》れ出した記憶に翻弄《ほんろう》されていた桜羽は、焔良の切羽詰まった声で我に返った。

冬真が肩から血を流して床に倒れている。

「冬真様！」

桜羽は顔色を変えて冬真に駆け寄り、跪《ひざまず》いた。桜羽が声をかけても、冬真はぴくりとも動かない。

「嫌……嫌だ、冬真様……」

桜羽は、これ以上一滴の血もこぼすまいと、無我夢中で冬真の傷口を両手で覆った。

「嫌だ……死なないで……」

ぼろぼろと泣きながら祈る。

両親を殺したのは冬真。そして、桜羽を攫《さら》って月影邸へ連れ帰り、仇は鬼の焔良だと、記憶を書き換えたのも彼なのだと、桜羽は既に悟っていた。

命が危険な状態になり、冬真の力が弱まって封印が解けたのだろう。

桜羽の記憶を封じ込めた箱の鍵《かぎ》が開きそうになると、冬真が何重にも鍵をかけ直してきたことも察する。

(だから、私は焔良のことを忘れていたのだわ)

鬼は仇で、人間に害をなす敵なのだと思い込まされていた。

記憶を書き換えられた弊害なのか、それとも冬真がそうなるよう狙ったのか、両親譲りの桜羽の力は長い間封じ込められ、本来の能力を発揮できていなかった。

桜羽は涙に濡《ぬ》れた目で冬真を見つめた。今なら、自分に何ができるのかわかる。父が持っていたのは水の力。母が持っていたのは開祖と同じ——

桜羽は震える声で祈った。

「お願い、玄武。冬真様を助けて。水は命の泉。その力で傷を癒《い》やして……」

泉に指を差し入れたようなひやりとした感触の後、桜羽の手の中に光が生まれた。光は冬真の傷を覆うように広がっていく。

「ああ、その力だよ！」

間近で葦原の大声が聞こえた。はっとして顔を上げると、葦原はいつの間にかすぐそばにいて、桜羽を覗《のぞ》きこみ、鬼気迫る顔で笑っていた。

「あらゆる傷を治す、癒やしの力！　この先、どんな戦いが起ころうとも、君さえそばにいれば、僕は死ぬことはない！」

葦原が桜羽の腕を摑《つか》み、体を引っ張り上げた。

「一緒においで。朔耶。一生僕のそばにいて、僕を守ってほしい」

「い、嫌っ！」

葦原から逃げようとしたが、彼の力が強くてうまくいかない。腕がちぎれるのではないかと思うほど、桜羽の腕に葦原の指が食い込んでいる。

「桜羽を離せ！」

焔良が葦原に摑みかかるよりも早く、別の声が聞こえた。

「触るな。下郎」

倒れていた冬真が目を覚まし、素早く身を起こすと、落ちていた刀を摑んで一閃《いっせん》した。

桜羽の目の前に銀色の光が過《よぎ》る。冬真は桜羽を捕らえていた葦原の手を切り落とすと、桜羽が血で汚れないよう、背で庇《かば》った。

葦原は一瞬動きを止めた後、手首から先がなくなった血の噴き出す腕を見て悲鳴を上げた。

「手が……僕の手が……早く癒やしてくれ、朔耶！　さくやぁぁ！」

桜羽は、錯乱している葦原に息を吞《の》んだ。冬真を見上げ、心配な面持ちで尋ねる。

「冬真様、お怪我は……！」

冬真は桜羽の腕に残っていた葦原の手を剝《は》がすと、乱暴に地面に放った。

「どうやら私は、お前のおかげで命拾いしたようだ」

朔耶から受け継いだ癒やしの力がうまく作用し、冬真の傷を塞《ふさ》ぐことができたようだと桜羽は心からほっとした。

「二人とも、ここを出るぞ。炎が広がり始めている」

焔良が桜羽と冬真に注意を促した。あちこち燃えている劇場内を見て、桜羽は顔色を変えた。煙が満ち始めている。

「北方より生じたる水気《すいき》よ、玄武の力で雨を降らせて！」

桜羽の祈りにより、周囲の火勢は弱くなったものの、火は既に神力で消し止められる範囲を超えている。

（全体的には無理でも、逃げ道ぐらいなら……！）

「炎で塞がれるようなら、道は私が作るわ」

桜羽の力強い言葉を聞いて、焔良が頷《うなず》いた。

「ああ。頼む」

三人が駆けだそうとした時、注意を引くように銃声が上がった。銃弾はシャンデリアに当たり、キンと金属音を鳴らす。頭上から降ってきた硝子《ガラス》片を、桜羽と焔良、冬真は、それぞれ後方に飛んで避《よ》けた。

「朔耶、どこへ行くのです？　君が行くべきところはそちらではありませんよ。さあ、こちらへいらっしゃい」

葦原が桜羽を見つめて微笑んでいる。目を血走らせて笑う姿にぞっとして、桜羽の体が震える。

（この人、お母さんと私の区別がついていない……）

「桜羽、そいつの言葉に耳を貸すな」

桜羽の手を掴んだ焔良に、冬真が声をかけた。

「焔良。桜羽を頼む。私はあいつを始末してから行く。ここで息の根を止めておかなければ、あいつはいつまでも桜羽に執着する」

葦原に剣呑《けんのん》なまなざしを向ける冬真を見て、焔良は真剣な表情を浮かべた。

「わかった。桜羽のことは任せておけ」

冬真の言葉に頷き、焔良は桜羽の体を抱き上げた。常軌を逸している葦原に恐怖を感じていた桜羽は我に返り、焔良の腕から降りようとした。

「冬真様を置いて逃げるなんてできない……！」

「あいつを信じろ。煙を吸わないよう、袖《そで》で口を押さえて黙っておけ」

「冬真様！」

叫ぶ桜羽の頭を胸に押しつけ、焔良は走りだした。

焔良の体にしがみつきながら、桜羽は視線で冬真の姿を捜した。煙がひどくて、もはや周囲の様子はわからない。

煙の中から、桜羽を引き留める葦原の叫び声だけが聞こえてくる。

「朔耶、待て！　行くな！　僕を置いていかないでくれぇぇ……！」

『先方が縁談を断ってきた？』

当時、まだ二十一歳の青年だった葦原幸史は、仲人《なこうど》から話を聞き、思ってもいなかった相手の反応に驚いた。

葦原家が縁談を申し入れた相手は、月影氏流陰陽師《おんみょうじ》の頭領の娘、月影朔耶だった。

葦原家の遠い先祖は民間陰陽師だったのではないかといわれている。

代々身分は低かったものの、とある娘が商家の養女となり、どういう経緯か武家の奥方となり、子孫である幸史の父が幕末の動乱で戦功を挙げ、葦原もその恩恵で東京府の官職を得た。

突然の先祖返りで神力を持って生まれた葦原だが、彼を陰陽師にするつもりのなかった両親のため、勉学に励んだ。自分の力に興味があり、独学で呪《まじな》い札や術についても調べてはいたが、両親には、成長するにつれて神力は失ったと思わせ、術が使えることは隠してきた。

ある日、仕事で帰宅が遅くなり、あやかしに遭遇した葦原を、偶然助けたのが朔耶だった。

彼女は葦原の目の前で、鮮やかにあやかしを斬って捨てると、怪我をした葦原に近付いてきて、『大丈夫でしたか?』と涼《ひ》やかな声で尋ねた。

間近で顔を見て、葦原は一瞬で彼女に惹かれた。高い位置できりりと結ばれた髪は艶《つや》やかで、黒い瞳《ひとみ》は月の光を浴びて蠱惑《こわく》的に輝いている。魂が抜かれるとはこのことかと思った。

朔耶は、人力車から放り出されてくじいた葦原の足に触れると、呪いの言葉をつぶやいた。ぱしゃんと水がかかったような感覚があり、ズキズキとした痛みが消える。彼女が神力で傷を癒やしてくれたのだと、すぐにわかった。

それ以来、葦原は、どうしても朔耶を手に入れたいと願い、彼女の身辺を調査した。朔耶が家のために結婚相手を探していることを知り、月影家の希望を探った。朔耶の婿は月影家の跡取りとなるため、神力があり、人格も良く、できれば家柄も良い相手が望みらしい。朔耶には多くの縁談がきているようだが、未《いま》だ彼女のお眼鏡にかなう相手は現れていないとのことだった。

ならばと、葦原は月影家に見合いを申し入れた。神力を持っていて、人望もある。家柄もいい。自分ほど良い相手はいないだろう。

自信はあった。けれど、返ってきたのは断りの言葉だった。

『どうして……！』

葦原は朔耶を諦《あきら》めきれなかったが、一度断られた縁談にしがみつけば、葦原家の体面を傷付ける。表向きは素直に断りを受け入れたふりをしつつも、葦原は朔耶に執着し、密《ひそ》かに調査を続けた。

朔耶は昨日もあやかし狩りに行き、素晴らしい戦果を上げたらしい。年下の従弟《いとこ》と仲が良く、弟のように可愛がっているらしい。――密偵から上がってくる報告を聞くのが、毎日の楽しみになっていた。

そんなある日、密偵が持ってきた報告を聞いて、葦原は愕然《がくぜん》とした。

朔耶が帝都から忽然《こつぜん》と姿を消した——

密偵に朔耶の行方を捜させたが見つけることはできず、懊悩《おうのう》の末、葦原は朔耶への想いを断ち切ろうと決めた。

それから数年が経ち、警視庁に入庁した後、地方で不平士族たちの反乱が起こった。現地に派遣された葦原は戦いのさなかに大怪我を負い、生死の境を彷徨《さまよ》った。

その時、葦原の脳裏に過ったのは、かつて神力で自分を癒《い》やしてくれた朔耶の顔。

『あの力が欲しい』と強く思った。

葦原は再び手を尽くして朔耶を捜した。一年経ってようやく居場所が判明し、急いで迎えに行ったが一足遅く、朔耶は従弟である冬真に殺害された後だった。

あれから、何度も夢に見る。朔耶が欲しい。彼女の力が欲しい。

冬真が朔耶の娘を連れ去ったことはわかっている。無理に奪うことも考えたが、今の自分の社会的立場を守ろうとするなら、危ない橋は渡れない。朔耶の娘が大きくなったら、手順を踏んで結婚を申し込もう。今いる妻とは離縁すればいい。

その思いは、鹿鳴館での夜会で桜羽と出会ってから、抑えることができなくなった。

桜羽は、焦がれ続けた朔耶に瓜《うり》二つだった。

煙が充満する華劇座の暗闇の中で、葦原は桜羽を捜して彷徨った。

「朔耶……どこにいるのです？　朔耶……？」

「残念ながら、朔耶はもうこの世にいない」

低い声が聞こえ、葦原はゆっくりと振り向いた。

その瞬間、目の前を光の筋が横切った。

あやかしと戦う朔耶の刀が月光で美しく輝いていたことを思い出す。

（ようやく会えた）

葦原はゆっくりとその場に倒れた。


目の前で葦原が倒れた後、冬真は刀から手を離した。からんと音を立てて、愛刀が床に落ちる。

煙で視界が悪い。冬真は、ふと、このままここで死んでもいいような衝動にかられた。

そもそも、愛する朔耶を手にかけた時点で、自分は死ぬべきだった。

朔耶を見つけ出すのがもう少し早かったら、何か違っていたかもしれないと、何度後悔したことか。

朔耶の父である先代の頭領は、朔耶が鬼に連れ去られたことを恥じ、月影家でその名を出すことを禁じた。先代頭領が亡くなり、冬真が跡を継いでから、ようやく朔耶の捜索を本格的に始められるようになった。

彼女を見つけられたのは、皮肉にも葦原のおかげだ。彼もまた朔耶を捜しているのだと知り、彼が使っていた密偵を探った。朔耶の居場所を突き止め、葦原の先回りをして迎えに行ったが、彼女は月影家に戻ることを拒んだ。まさか、鬼を愛し、自ら望んで相手の子供を産んでいたなどと、思いもしなかった。

朔耶は幼い頃から冬真の憧《あこが》れだった。彼女にとって自分は弟でしかなかったが、成長し、彼女と肩を並べられるほど強くなったら、気持ちを伝えようと決めていた。

焦がれ続けた朔耶を、まさかこの手で殺すことになるとは思わなかった。

彼女の血を浴びて混乱する冬真の前に現れた、朔耶の娘。冬真に唯一残されたよすがのように感じ、後先も考えずに攫《さら》い、月影邸に連れ帰った。

冬真を怖がり、朔耶によく似た幼い顔をくしゃくしゃにして泣く桜羽を見ていると胸が苦しくて、冬真は桜羽の記憶を塗り替えることにした。万が一、鬼が桜羽を迎えに来ても彼女自身が拒絶するよう、朔耶の仇《かたき》は赤髪の鬼であり、自分は桜羽を助けにきた優しい身内なのだと思い込ませた。

術は確実に効果を発揮し、桜羽は次第に冬真に懐くようになった。

幼い桜羽が朔耶と鬼の力を継ぎ、強い神力を持っていることを、冬真はすぐに見抜いた。朔耶のように誰かから目をつけられないよう、能力を封じて育てることにした。

小さな手を差し出して自分の名前を呼ぶ従姪《いとこめい》は愛らしく、成長するほどに美しくなった。いつしか、冬真は桜羽を「朔耶の娘」ではなく、一人の女性として想うようになった。

誰にも見せないよう、自分の手元に隠しておきたかったのに、桜羽は冬真の力になりたいから陰陽寮に入ると言い出した。育ての親への恩義だったとしても、まっすぐに冬真を想ってくれる気持ちが嬉《うれ》しくて、それと同時に、彼女を騙《だま》していることに罪悪感を抱いて、彼女の望みを聞き入れたのが間違いだった。

(私は、道を誤ってばかりだ)

ここを無事に出られたとしても、彼女は、朔耶を殺し、記憶を改ざんした自分のもとへは戻らないだろう。

先ほど、焔良に抱えられながらも、冬真の名を懸命に呼んでいた桜羽の声を思い出す。

自分が死んだら、あの子は泣いてくれるだろうか。それぐらいは、うぬぼれてもいいだろうか。

「あの子を泣かせたくはないな……」

そう思ったら、この先、政府に消される運命が待ち受けているのだとしても、自分が死ぬのは、今ここではないような気がした。

「私も早く逃げなければ……」

冬真は我に返ると、出口を探して歩きだした。

そういえば、陰陽寮《おんみょうりょう》の連中はどうしただろう。

政府の裏の仕事に関わらせていたのは一部の人間たちだけだが、今回は結果的に何も知らない者まで巻き込む形になってしまった。

(皆、無事だといいのだが)

部下の心配をした時、ふと目の端に白い服を着た人物が動いたような気がした。

（逃げ遅れた者がいるのか？）

人影を捜して呼びかける。

「誰かいるのか？　早くここから逃げ……」

冬真は最後まで言葉を紡ぐことができなかった。刃の切っ先が覗《のぞ》く自分の腹を見下ろす。

自分を刺したのが誰かもわからないまま、冬真はその場に倒れた。

＊

月影邸の冬真の私室で、桜羽はぼんやりと庭を眺めていた。

先ほどまで雨が降っていたので、庭木はしっとりと濡《ぬ》れていて、緑の色が濃い。

既にひと月前となった、あの日の夜、桜羽と焔良が華劇座から脱出すると、外には野次馬が集まっていた。消防本署から運ばれてきた蒸気ポンプから水が放たれ、消火作業が行われていた。

華劇座の鬼や、陰陽師、巡査たちの姿は見当たらなかった。大事になったため、関係を疑われないよう、あの場から離脱していたのだろう。

桜羽と焔良はしばらくの間、離れた場所から焼け落ちていく華劇座を見つめていたが、冬真は最後まで姿を現さなかった。

焰良は朱士を呼び、華劇座の従業員たちの無事を確認した。
桜羽も斎木に連絡を取った。大怪我をした者もいたが、陰陽寮の皆が生存しているこ
とを知り、ほっとしたのも束の間、ただ一人、冬真の消息だけがわからないと聞いて、
目の前が真っ暗になった。
一旦《いったん》は焰良の邸《やしき》に帰った桜羽だが、冬真が戻るかもしれないからと、翌日すぐに月影
邸に向かった。胸が潰《つぶ》れるような思いで待ち続けていたが、いつまで経っても冬真は帰
ってこなかった。
警視庁の者がどうなったのかは知らない。ただ、帝都内の、とある警察署の署長が、
新たに選任されたと聞いた。
華劇座からは、損傷の激しい遺体が一体だけ見つかったという。それが冬真なのか葦
原なのかはわからない。
主《あるじ》のいない部屋の中は、がらんとしていて、もの寂しい。
「冬真様……早く帰ってきてください……」
両親を殺し、記憶を封じて、長い間、桜羽を騙し続けてきた冬真を、桜羽は恨むこと
ができない。
「私に怒らせてもくださらないのですか……？」
ぽつりと独りごちた時、足音が聞こえた。
「桜羽様、お客様がいらしています」

女中に声をかけられて振り向くと、廊下に焔良が立っていた。

女中が一礼して去っていき、焔良が部屋に入ってきた。やつれている桜羽のそばに腰を下ろし、青白い頬に手を伸ばした。

「お前、きちんと食事はしているか？」

心配そうに頬に触れた焔良に、桜羽は、

「食べているわ」

と答えた。――本当は食事など喉《のど》を通らない。

桜羽の嘘に気付いたのか、焔良は小さく息を吐いた。

「食べないと倒れるぞ。俺がそばにいたら、無理矢理にでも食わせるんだがな」

「ふふ。心配してくれてありがとう」

素直にお礼を言うと、焔良の表情がますます曇る。

「言い返されるぐらいでないと、張り合いが……いや、いい」

言いかけた言葉を途中で止め、焔良は話題を変えた。

「今日はお前に話したいことがあってきた」

力のなかった桜羽の表情が変わる。

「もしかして、冬真様が見つかった？」

けれど焔良は、期待をして身を乗り出した桜羽に向かって首を横に振ってみせた。

「いや、冬真の話ではない。――十和田外務大臣が辞任した。表向きは鹿鳴館外交が批判を浴びたからということになっているが、実際は、『人道に反する外務大臣が外交に携わる国など文明国でもなんでもない』と、英国の公使から強い嫌悪感を示されたようだ」

急転直下の出来事に、桜羽は目を丸くした。

「公使の抗議の真相が、十和田が鬼の子をオークションに利用していたためだと、俺が新聞社に情報を流したこともあって、世論は十和田の非道な行いを責め、鬼に同情し、政府に対する不信感を強めている。もともと鹿鳴館外交に対しては批判的な目を向けられていたし、鬼とはいえ、子供の身に起こった不幸に民衆は憤っている。無実の鬼が今まで不当に狩られていたという事実も広まりつつあるし、俺たちに対して同情のまなざしが集まっている今こそ、鬼は人と対立する気はないのだとわかってもらいたい。それに、十和田が考えていた不平等条約改正案には、政府部外から反対の意見も多かったんだ。民間では反政府運動も活発化している。この機運を、俺は逃すつもりはない」

焔良はそう言うと、自信に満ちた表情で口角を上げた。

「内閣総理大臣に面会を申し入れている。お前も来るか？」

思いがけない誘いを受けて、桜羽は目を瞬かせた。

「私は……」

自分が行ってなんになるのだろう。陰陽寮の真実にも、冬真の事情にも気が付いていなかったのに。

俯《うつむ》いて、膝《ひざ》の上で揃えた手を見つめる桜羽に向かい、焔良は真剣な口調で続けた。

「お前は俺たちのために、冬真に頼んでくれたたな。人と鬼がお互いを憎み、殺し合う関係は終わりにしよう、と。今もその願いを持ってくれているのなら——」

桜羽は、自分の言葉を思い出した。

『人と鬼の関係が変われば、陰陽師が鬼を狩る必要はなくなります！　冬真様も他の陰陽師も、誰も殺さなくてよくなります。政府を説得し、あやかし狩りの命令を中止していただきましょう。私にも、そのお手伝いをさせてください』

冬真は今、桜羽のそばにはいない。けれど彼が帰ってきた時、政府は鬼の存在を認め、陰陽師があやかし狩りをする必要はなくなったのだと伝えたい。

桜羽の瞳《ひとみ》に意志の光が戻ってくる。顔を上げ、焔良を見つめる。

「ええ。——私は今もそう願っているわ」


立派な髭《ひげ》を蓄えた目の前の紳士を見て、桜羽は背筋を伸ばした。

(この方が、内閣総理大臣、御手洗卿《みたらいきょう》)

御手洗は歳の頃は四十代半ば。堂々とした雰囲気を漂わせている。

お互いに自己紹介を終えると、御手洗は椅子に腰を下ろし、焔良に目を向けた。

「して、鬼の頭領殿が何用かね？」

口ひげを撫《な》でる御手洗の正面に座った焔良が、落ち着いた様子で口を開く。

「この度の十和田卿の行いに対して、謝罪を要求する」

御手洗は焔良の目的を察していたのだろう。髭から手を離し、「むぅ」と唸《うな》った。

「外務卿が幼き者を攫《さら》い、オークションにかけていたという事実に、民衆は憤っている。鬼の一族は、明治政府に対し、総力を挙げて報復をすることも可能だ」

口角を上げた焔良を見て、御手洗の表情が険しくなる。

「だが、我々は争いを望まない。政府があやかし狩りを中止すれば、貴殿らを攻撃しないと約束しよう」

「…………」

探るようにこちらを見ている御手洗に、焔良はさらに続けた。

「代々月影家の頭領が率いていた陰陽寮は、長官を失い、今や瓦解《がかい》寸前。彼らに俺たちを狩る力は、もはや残ってはいまい。もともと陰陽師の数も減りつつあったんだ。俺たちが本気を出せば、あの程度の集団、打ち滅ぼすのは容易だぞ。実際に、鬼の報復を恐れて、逃げだした者もいると聞く」

焔良の脅しに御手洗の護衛たちが色めき立ったが、冷酷な赤い瞳で一瞥《いちべつ》されて、動きを止めた。

焔良は御手洗に対して指を三本立てた。

「鬼側から要求したいことが三つある」

「なんだ？」

御手洗が警戒しながら問い返す。

「一つは、あやかし狩りを未来永劫《えいごう》やめること。二つ目は、俺が名を挙げる華族たちの爵位剝奪《はくだつ》と、行方不明になった鬼の子たちの捜索」

（爵位剝奪ってよほどのことだわ）

焰良の隣で駆け引きを見守っていた桜羽は、内心で驚いた。

犯罪に関わっていたとしても、実際は体面を保つため「返上」という形が取られることが多い。

「あなたが爵位剝奪を望む華族とは？」

御手洗の問いかけに、焰良は携えていた書状を差し出した。

「オークションに関わっていた者たちの名前だ。こちらで調べさせていただいた」

焰良が口角を上げる。彼のやや意地の悪い笑みを見て、御手洗は渋い表情を浮かべた。

隣で様子を見守っていた桜羽は、「かばい立ては許さない」という焰良の強い意志を感じ取った。

御手洗は書状を受け取り、記された名前を目で追っている。

最後まで目を通した御手洗は、眉間《みけん》に皺《しわ》を寄せた。鬼の要求を聞き入れるのは不本意だと、顔に書いてある。

「爵位剝奪をしないならば、それでもいい。誰がオークションに関わっていたのか、新聞社に情報を流すだけだ。元大名家だろうが、公家《くげ》華族だろうが、勲功のあった者だろうが関係ない。民衆は彼らの醜聞に沸くだろうな。穏便な方法により立場を失うか、それとも非難の目に晒《さら》されながら落ちぶれていくか……どちらにしろ、彼らに未来はない」

焔良は三つ目の指を立てた。黙り込んだ御手洗に、最後の要求を突きつける。

「三つ目は、鬼の一族もゆくゆくは政治に関与させること」

「何っ……」

息を呑《の》んだ御手洗に、焔良は不敵に笑ってみせる。

「我々の立場は、あなた方になんら劣るものではない。友好的な関係を築くためには、対等に政治に関わるべきでは？」

「現状、鬼の一族が我々に対し危害を加える意思がなくとも、貴殿らはかつて幕府の裏で暗躍してきた存在だ。貴殿らが政治に関われば、かつてのような出来事が起こらないとも限らない」

御手洗の言葉を聞いて、どの口が焔良たちにそのようなことを言うのかと、桜羽の胸に怒りが湧く。

桜羽は携えていた帳面を開くと、御手洗の目の前に突きつけた。

「御手洗卿。これをご覧ください」

御手洗が、小娘が何を言い出したのかというような顔で、桜羽のほうを向く。

「ここに記されているのは、あなた方が月影家に暗殺を命じた人々の名前です。朝廷や明治政府も、陰陽師《おんみょうじ》を使って政治を左右してきたのでは？　私がこれを表に出せば、お困りになるでしょう？」

焔良から内閣総理大臣と面会すると聞いてから、桜羽は自分にも何かできないかと考えた。冬真は政府からの命令に進んで従っていたわけではなかったようなので、もしかしたら、何か証拠を残しているのではないかと思い、彼の部屋を徹底的に探して見つけたのが、この帳面だった。

御手洗が暗い瞳で桜羽を睨《にら》む。僅《わず》かに口角を上げた彼の思惑を察し、桜羽の視線が冷ややかなものになる。

「御手洗卿。私は、月影氏流の開祖に匹敵する力を持っていた母と、先代の鬼の頭領の片腕だった父の血を引いています。高い神力と妖力《ようりょく》を持った陰陽師であると自負しております。もし、あなたが私を害しようとしても無駄です。どんな暗殺者が現れても、全て返り討ちにしてみせましょう」

自信に満ちた声で断言し微笑んだ桜羽を見て、焔良が目を丸くしている。

「海外からの視線も厳しい今、これ以上、政府の権威を失墜させるわけにはいかないのでは？」

とどめを刺し、御手洗をまっすぐに見つめる。御手洗は桜羽の視線を受けて顔を歪《ゆが》めた。

焔良に向き直った御手洗は、内閣総理大臣としての矜持《きょうじ》なのか、堂々とした振る舞いのまま頭を下げた。

「鬼の一族の要求、聞き入れる。今までの行いに対し、謝罪申し上げる」

不承不承という様子ではあったが、政府から謝罪を引き出せたことに、桜羽はほっとした。

「御手洗卿。最後に一つだけ聞いてください」

桜羽の頼みに、御手洗が「まだ何かあるのか」というように、不満の表情を浮かべた。

「先ほど、私は鬼と人の間に生まれた子だといいました。私の両親は既に亡くなっていますが、生前の二人は本当に仲睦《なかむつ》まじかったのです」

桜羽は両親の笑顔を思い浮かべた。

陰陽師としてあやかしを狩ってばかりいた母は家事が苦手で、よく料理を焦がしていた。『ごめんなさい』と落ち込む母に、父は『そういうところも好きだよ』と言って微笑んでいた。穏やかで落ち着いた性格の父は子煩悩で、桜羽をとても可愛がってくれた。

「私の記憶の中で、両親はいつも笑っています。人も鬼も関係なく、あの二人のように、皆が仲良く暮らせる世界になればいいと、私は心から願っています」

桜羽は自分の気持ちを伝えると、最後に御手洗に微笑みかけた。

「我々は、これで失礼する」

伝えたいことは全て伝えたというように、焔良が立ち上がり、御手洗に背を向ける。

桜羽は丁寧に頭を下げ、焔良の隣に並んだ。

振り返らずに部屋を出ていく二人を、御手洗がどのような顔で見送っていたのかはわからなかった。


庁舎から帰る馬車の中で、桜羽は焔良に声をかけた。

「いつの間に、あんな一覧を作っていたの？」

焔良が闇のオークションに参加していた者たちの名前を調べ上げていたことについて尋ねると、正装していた焔良は、羽織を脱ぎながら答えた。

「オークション会場で、奴らの顔を一人一人覚えた。だから、あの時、葦原の前に飛び出したお前を、すぐに助けることができなかった。すまない」

（そうだったのね……）

焔良は桜羽より先にオークション会場に忍び込んでいたのに、なぜ子供たちを早く助け出していなかったのだろうと疑問に思っていた。

「今後も同じ悲劇が起きないよう、確実な方法を取りたかったんだ。結果的に、政府にあやかし狩りをやめさせることができたが、万が一それが無理だったとしても、オークションに参加していた連中は、社会的に抹殺して没落させてやるつもりだった」

「そんなことができたの？」

桜羽の疑問に、焔良は人の悪い笑みを浮かべて答えた。

「それぞれの家が何か問題を抱えていないか調べ上げた。ああいう奴らは、何かしら後ろ暗いところを持っているものだ」

華劇座は上流階級層の社交場。

(きっと、いろいろな噂が集まるのだわ)

金貸し業のほうで、焰良が鬼とは知らずに、世話になっている者もいるに違いない。

彼はあらゆる伝手《つて》を使って、華族連中の秘密を調べ上げたのだろう。

「まだ見つかっていない子供たちは無事かしら。早く助けてあげたいわ……」

「俺が名前を挙げた連中の中に、過去に子供たちを競り落とした人物がいる可能性は高い。政府に見つけさせる。俺のほうでも引き続き捜す」

焰良は真面目な表情でそう言った後、一旦《いったん》言葉を区切り、桜羽のほうへ体の向きを変えた。

「鬼が人々に受け入れられるよう、俺はこれからも尽力するつもりだ。――だから、桜羽。俺のそばで手伝ってくれないか？　もちろん、気持ちが落ち着いてからでいいんだが……」

冬真の生死に関して、まだ心の整理がついていない桜羽を気遣っているのだろう。焰良は、自分の想いを力強く語り、桜羽に対して願いながらも、どこか遠慮しているようにも見えた。

桜羽は思う。冬真は朔耶のことを愛していたに違いない。だから、彼女を奪った瑞樹を憎み、咄嗟《とっさ》に殺してしまったのだ。

けれど彼は、瑞樹の子供であり鬼の血を引く桜羽を大切に育ててくれた。

きっと、鬼だとか人だとか関係なく、相手を知れば受け入れることができるはず。

(鬼と人の間に生まれた私の使命は、両者の間を繋《つな》ぐこと)

「あなたのそばで手伝いたい」

桜羽は焔良を見上げ、微笑んだ。

「私は長い間、焔良のことをお母さんの仇《かたき》だと思って恨んでいて、子供の頃にあなたが私に優しくしてくれたことを忘れていたけれど、あなたの邸《やしき》で過ごしたひと月の間に、恨みすら超えて、今のあなたが好きになっていたのだわ」

まっすぐに焔良を見つめ、告白した桜羽に、焔良は驚いた表情を浮かべた。

その顔を見たら急に照れくさくなり、桜羽は俯《うつむ》いた。膝《ひざ》の上で何度も指を組み替える。

いつも焔良に突っかかり、生意気な態度ばかりとっていたので、今更「好き」と言われても、焔良の桜羽への印象は変わらないのではないかと不安になる。

しゅんとしていると、焔良が桜羽の頤《おとがい》に指をかけた。顔を上向かされて、心臓が鳴った。赤い瞳《ひとみ》が熱っぽく桜羽の顔を見つめている。

「可愛いことを言ってくれる」

「えっ……」

焔良の反応に息が止まった。頬が一瞬で熱を持ったのがわかる。

「俺も桜羽が好きだ。昔のお前も、今のお前も」

焰良の顔が近付いてくる。桜羽が目を瞑《つぶ》ると、柔らかな唇が重なった。

目を開けたら、焰良が照れくさそうに微笑んでいた。彼もこんな顔をするのだと、新鮮な気持ちになる。

桜羽の脳裏に、過去の光景が蘇《よみがえ》る。

満開の桜の下で、桜羽の頭に花冠をかぶせてくれた焰良に、桜羽はお願いをした。

『私、焰良が大好き！　いつか私をお嫁さんにしてね』

「焰良は覚えている？　昔、桜の木の下で交わした約束のこと。私、焰良に『お嫁さんにして』って言ったのよ。そうしたら……」

桜羽の言葉を、焰良が継いだ。

「覚えている。俺はお前の求婚に『桜羽が大人になったら、必ずお前を迎えよう』と答えた」

「あの約束は、まだ有効なのかしら……」

遠慮がちに尋ねると、焰良は「当然だ」と言って、桜羽の肩を引き寄せた。

(私が焰良のことを忘れていた間も、焰良は約束通り、ずっと私を待っていてくれたのね……)

離れていても変わらなかった焰良の深い愛情を感じ、胸がいっぱいになる。

幸せな気持ちで焰良の肩に頭を預けていたら、桜羽の髪を愛《いと》おしそうにすいていた焰良が名前を呼んだ。

「桜羽。昔の約束を思い出してくれたところで相談があるんだが」

桜羽は顔を上げると、「何?」と首を傾げた。あらたまった口調だが、焔良の瞳が悪戯《いた》
《ずら》っぽく輝いている。

「いつ婚姻を結ぼうか? 俺としては早いほうがいいんだが。今夜でもいいぞ」

「えっ!」

唐突な提案に桜羽の目が丸くなる。

焔良は、桜羽が驚いている間にもう一度唇を奪うと、期待するように顔を覗《のぞ》きこんだ。

桜羽は口元を押さえながら、焦って答える。

「きょ、今日っていうのは、ちょっと早すぎるというか……もう少し待って……」

「俺は十分待ったのだがな」

拗《す》ねた表情を浮かべる焔良が可愛くて、思わずほだされそうになる。

油断していると、今度は頰に口づけられた。

今し方、想いが通じ合ったばかりなのに、積極的な焔良に押されて、桜羽の鼓動が速くなる。

「待って、お願い……!」

焔良の胸を押し返し、桜羽は焔良から距離をとった。体が熱い。きっと、今、自分は真っ赤になっている。

動揺している桜羽が面白いのか、焔良は明るく笑っている。

「お前が早く『結婚したい』と言ってくれるよう、努めよう」

色気のあるまなざしを向けられて、うぶな桜羽は限界を感じた。いっぱいいっぱいになって、両手で顔を押さえて俯く。

「桜羽？　どうした？」

焔良が楽しそうに桜羽を呼ぶ。

――自分がこんなふうに恋に落ちるなんて、考えたこともなかった。

＊

桜羽と焔良が御手洗を訪問した数時間後。大手町《おおてまち》に建つ内務省の庁舎内にある内務卿《きょう》の執務室で、一人の青年がこの部屋の主《あるじ》に問いかけた。

「あやかしを狩るという大義名分がなくなり、陰陽寮《おんみょうりょう》は解散……ということになるのでしょうか？」

御手洗の秘書が持参した書状を眺めながら、大庭《おおば》内務卿が振り返り、

「そうせざるを得ない」

と答えた。そしてすぐに、

「もともと月影冬真は、我々に対し不満を抱えていたのだ。いずれは消さないといけないと思っていたのだよ」

と笑った。

「あやかし狩りの陰に隠れて、彼には色々と働いてもらったが、一人の人間が秘密を抱えすぎるのはよくない。新陳代謝は必要だ」

庁舎内では人格者として通っている大庭は、穏やかな声で続ける。

「それに、暴走気味の葦原にも手を焼いていたのだ。親戚《しんせき》の娘には悪いことをしたが、また適当な相手を見つけてあげればよいだろう」

大庭の言葉を受けて、青年は唇の端を上げた。

「では、私も不必要になったというわけですね」

皮肉を言った青年に、大庭は「いやいや」と軽く手を振ってみせる。

「君には引き続き、我々のもとで働いてもらいたいと思っているよ。反政府の民権家の動きも活発になりつつある。君は、間諜《かんちょう》としての能力も高いのでね」

大庭は書状を折りたたみ、上着の内ポケットに収めると青年に歩み寄った。

「当面、君は、鬼の頭領と月影家の姫君の行動を見張ってくれ。内閣総理大臣からの依頼だ。彼らが政府に害をなすような行動を取るようであれば――」

親しげに肩を叩《たた》き、耳元で囁《ささや》く。

「これからも、よろしく頼むよ。志堂君」

志堂は表情を変えずに「はい」と答えた。

一礼し、内務卿の執務室を後にする。

――自分はよほど月影家と因縁があるらしい。

月影家と同じく陰陽道の家に生まれた志堂は、冬真の幼なじみだ。お互いに幼少期から切磋琢磨《せっさたくま》してきたが、天性の才能を持っていた冬真に比べて、志堂は努力の人だった。いくら修行を積んでも、冬真に追いつけない。いつしかその思いは澱《おり》のように胸の中に溜《た》まっていった。

頭領を継いだ冬真から、月影家が政府から負わされている役目を聞き、自分を支えてほしいと言われた時、志堂の中で何かの糸がプツンと切れた。冬真にとって志堂は同列ではない。格下なのだとわかった。

思慕の気持ちを寄せていた従姉《いとこ》を殺し、不本意ながらも政府の命令に従い、思い悩む冬真を見て、いつか彼が壊れたら成り代わってやろうと、志堂は虎視眈々《こしたんたん》と機会を狙ってきた。

冬真はもういなくなったというのに、気持ちが晴れないのはなぜだろう。

「……あいつは友人ではなかった」

そうひとりごち、志堂は内務省の廊下を歩いていった。

終章

桜羽が焔良と再会してから、一年が過ぎた。

桜が咲き誇る上野《うえの》公園を歩いていた桜羽は、人波の中、すれ違った少年が知己であることに気付き、足を止めた。

「斎木君！」

名を呼ばれて振り返った斎木が、胸に子狸を抱く桜羽を見つけ、駆け寄ってくる。

「桜羽さん！」

「こんなところで会うなんて奇遇ね」

着流し姿の斎木に笑いかけると、斎木も桜羽に微笑み返した。

「元気だった？」

「元気だよ。桜羽さんは？　今日は鬼の頭領と一緒にお出かけ？」

斎木が、桜羽の隣にいる焔良に「こんにちは」とお辞儀をする。焔良も斎木に会釈を返した。

焔良は本来の赤い髪に赤い瞳《ひとみ》の姿をしている。

鬼に世間の同情が集まったことをきっかけに、鬼たちは人に自分たちを知ってもらい、より良い関係を築きたいと、今まで以上にふるまいに気を付けた。どこへ行っても常に礼儀正しく接し、困っている人がいれば進んで助けた。

人々はそんな鬼に好感を抱いた。温厚で親切な彼らは人に害をなす存在ではないのだと理解し、今では自分たちの隣人として、徐々に受け入れるようになってきた。

思いやりの気持ちが伝われば、相手もまた心を開いてくれる。

あやかし全てが恐れられなくなるまでには、まだ道のりは遠そうだが、隠れ住んでいる彼らの存在も認めてもらえるようになればいいと、桜羽は願っている。

冬真の生死が不明のまま、陰陽寮は解散となり、陰陽師たちは散り散りになった。職を失った陰陽師たちは、郷里に帰って家業を手伝ったり、商売を始めたりと、皆、逞《たくま》しく生活しているようだ。

今は呉服店で働いている斎木と、焔良の邸《やしき》で暮らす桜羽は、陰陽寮がなくなった後から、手紙のやりとりを始めた。そのため、斎木は、桜羽が焔良と特別な関係にあることを知っている。

桜羽は気さくに挨拶《あいさつ》を交わす焔良を見て笑みを浮かべると、再び斎木のほうを向いた。

「ええ。皆で上野公園の桜を見に来たの」

桜羽と焔良から少し距離を取りながら、護衛役として朱士もついてきている。朱士の隣には栄太の姿もある。親を失い帰る場所のなかった栄太は、焔良の邸に住み込んで、下働きをしている。

桜羽は先ほど二人に「一緒に歩きましょうよ」と声をかけたのだが、朱士から「仲睦《なかむつ》まじい主人たちのお邪魔は出来ません。どうぞ私たちのことはお構いなく」と言われ、断られてしまった。どうやら桜羽と焔良に気を遣い、遠慮をしているようだ。

「斎木君は何をしていたの？」

「俺も人と待ち合わせ」

斎木を見上げて、桜羽はふと気が付いた。以前、斎木は桜羽とそれほど背の高さが変わらなかったのに、随分伸びている。

（華劇座の火事から、十ヶ月が経っているものね）

火事になった華劇座は再建中だ。焔良は、華劇座が完成したら、もともと働いていた者たちを呼び戻し、営業を再開するつもりでいる。

あやかし狩りが中止された後、行方不明になっていた鬼の子供たちは、焔良の調査で続々と見つかりつつあるが、まだ全員が戻ってきているわけではない。早く皆を見つけたいと、桜羽も捜索に協力している。

冬真の生死は未《いま》だはっきりしない。けれど桜羽は、彼がどこかで生きていてくれることを願っている。

（そういえば、末廣さんと毒島さんは、今、監獄の中にいるのだったっけ）

詳しくは知らないが、なんらかの罪を犯して捕まったのだと、以前、斎木が教えてくれた。彼らは鬼の子の拐《かどわ》かしに関わっていたようなので、もしかすると政府に目をつけられ、捕らえられたのかもしれない。

副官だった志堂の行方だけは、わからないらしい。

桜羽がこれまでの出来事を思い返していると、斎木が思いがけないことを言った。

「俺、この間、見合いをしたんだ」

「そうなの？」

驚く桜羽に、斎木が照れくさそうに近況を話す。

「呉服屋のご主人が紹介してくれたお嬢さんで、女学生なんだ。とってもいい子でさ。俺もまだ若いし、彼女も学生だから、彼女が卒業するまで待って結婚しようと思ってる」

「おめでとう！」

桜羽が手を叩くと、斎木はほんの少し切ない表情を浮かべた後、「ありがとう」と笑った。

「そっちは結婚したの？」

桜羽と焔良の顔を見比べ、斎木が尋ねる。

「えっと、それはまだ……」

頰を染めながら小さな声で答える桜羽を見て、焔良が肩を竦《すく》める。

「お預けを食らっているんだ。覚悟が決まらないらしい」

「だ、だって……気持ちが通じ合ってから、そんなに経っていないのだし……」

「夏が過ぎて、秋が来て、冬を越え、お前と再会して二度目の春を迎えた。もうそろそろいいと思うんだがな」

恥じらう桜羽に、焔良が流し目を送る。仲の良い二人を見て、斎木の顔に笑みが浮かんだ。

「桜羽さんが幸せそうでよかった。それじゃ、俺は行くよ。彼女がこの先で待ってるから」

「またね」

桜羽が手を振ると、斎木も振り返し、石段を上って去っていった。

その背を見送った後、焔良が桜羽を見下ろし、思いがけないことを言った。

「あいつ、桜羽が好きだったんだと思うぞ」

「まさか！　そんなことないわよ。私たち、友達だったのだもの」

笑いながら否定する桜羽を見て、焔良が額を押さえる。

「あいつに同情する……」

「違うと思うけど……」

本気でわからない顔をする桜羽に苦笑いしながらも、焔良が片手で桜羽の腰を引き寄せた。

「だが、お前が鈍感でよかった」

軽く額に唇を押しつけられ、桜羽の頬が熱を持つ。

周囲を歩く人々が、二人を見て驚いている。

「公衆の面前でやめてちょうだい！」

昨今は自由恋愛をする者も増えてきたとはいえ、公共の場で男女が触れ合うことには抵抗を示す人も少なくない。

「俺は気にしない」

「私は気にする！」

ぷりぷりと怒っている桜羽から手を離し、焔良は悲しげな表情で距離をとった。

「桜羽が嫌がるなら、離れて歩こう」

萎《しお》れている様子が可愛くて、思わず桜羽の胸がきゅんとする。

今度は自分から近付いて、そっと彼の体に身を寄せた。

「少しぐらいなら……いいわよ」

空気を読んだのか、桜羽の腕の中から子狸がぴょんと飛び降りて、後ろを歩く朱士たちのもとへ走っていく。

「心花ったら」

気を遣わせたと申し訳なく思っていると、焔良が桜羽の指に自分の指を絡めた。

「行こうか」

「ええ」

桜羽も彼の指を握り返し、微笑みを向ける。

穏やかな春の日。かつて結婚の約束を交わした時のように、二人の頭上では桜の花が爛漫《らんまん》と咲いていた。

あとがき

こんにちは。この作品をお手に取っていただきまして、誠にありがとうございます。卯月《うづき》みかと申します。

架空の明治時代を舞台にした恋愛譚《たん》、いかがでしたでしょうか。

もう十年以上前の話になるのですが、私は一時期、プレイヤーキャラクターが女性の恋愛シミュレーションゲーム、いわゆる「乙女ゲーム」にはまっていたことがありました。様々なタイプの男性キャラクターが出てきて、好感度を上げて恋愛をするという内容です。

会話によって攻略対象が分岐したり、初めから一人を選んでゲームを進めたりと様々なのですが、キャラクターごとに違う物語があって、内容は深く面白かったです。『帝都の鬼は桜を恋う』は、そういった乙女ゲームをイメージし、キャラクター一人一人の物語や、ときめきを詰め込んで書いた作品になります。もし、あのキャラクターに分岐していたらどうなっていたんだろうと、想像しながら読んでいただくのもいいのかな、なんて思います。

この作品は、明治時代をモチーフにしておりますが、パラレル世界のファンタジー小説になります。史実を参考にした部分もありますが、史実とは違っております。もしかしたら、こんな世界もあったかもしれないと、楽しんでいただけましたら嬉《うれ》しいです。

この場をお借りしまして、素敵なご縁を結んでくださいました望月麻衣《もちづきまい》先生、美しいカバーイラストを描いてくださいました桜花舞《おうかまい》先生、装丁デザインのnext door design東海林《しょうじ》かつこ様、担当編集者様、この作品に関わってくださいました皆様に、心から御礼申し上げます。ありがとうございました。

卯月みか

本書は書き下ろしです。
この物語はフィクションであり、実在の人物・地名・団体等とは一切関係ありません。

帝都《ていと》の鬼《おに》は桜《さくら》を恋《こ》う

卯月《うづき》みか

令和6年 9月25日　初版発行
令和6年 10月20日　再版発行

発行者●山下直久

発行●株式会社KADOKAWA
〒102-8177　東京都千代田区富士見2-13-3
電話　0570-002-301（ナビダイヤル）

角川文庫 24326

印刷所●株式会社KADOKAWA
製本所●株式会社KADOKAWA

表紙画●和田三造

ISBN 978-4-04-115240-9　C0193

◆◇◇